산처럼 살고 싶다

산처럼 살고 싶다

|안종산 지음|

좋은땅

봄이 오면

봄이 오면

버들강아지 눈 틔우는 소리 감미로운

한적한 시냇가에 풀잎 하나와 앉고 싶다

풀피리 멋들어지진 않아도

노란 나비 한 녀석

나풀나풀 춤을 추겠지

봄이 오면

땅강아지 하품소리 정겨운

거름 향기로운 논두렁에 호미 한 자루와 앉고 싶다

소곳소곳 봄나물 맛깔스럽진 않아도

게으른 누렁이 황소 놈

우적우적 잘도 먹겠지

봄이 오면

파란하늘 이야기 꽃 정다운

소나무 푸릇한 언덕에 시집 한 권과 눕고 싶다

나른한 봄 향기에 몇 장 넘기진 못해도

따뜻한 봄바람 녀석

기꺼이 동침해 주겠지

봄이 오면

첫사랑 추억 아름답게 베어 나는

소담한 교정에 책가방 하나 메고 등교하고 싶다

옹기종기 작아진 책걸상에 편히 앉진 못해도

칠판에 스쳐 지나가는 그리운 얼굴들

새록하게 웃어 주겠지

이제 곧

봄이 오면

뗏목을 타고

강 건너 저편에서
산새소리 싱그러운
산기슭에 앉아
봄이 나무를 손질하고 있다

강 건너 저편 어디에서
아지랑이 피어나는
논두렁에 앉아
봄이 새끼를 꼬고 있다

강가 저편에서
새끼줄로 나무를 엮어
뗏목을 타고
그렇게 천천히
봄이 오고 있다

꽃봉오리

목련 가지
가느다란 개나리에도
몽알 몽알
이쁘게 맺혀 있네

어린 봄들이
구슬치기를 하나 봐

삼월(三月)

긴 여행을 마친 봄이
고향 삼월역(三月驛)에 내렸다

삼월시장(三月市場)에 들러
오랜만에 장을 본다

만물 새싹
따뜻 바람
포근 햇살
초록 양념
고소 비(雨)기름

한아름 가득 사 들고
삼월버스에 오른다

내일 아침

삼월남도 삼월군 삼월면 삼월리 삼월부락에서는

봄이 긴 기지개 켜며

봄 향기 그윽한 아침을 짓겠지

동백

태고의 운명 재판소
순결한 봄을 유린한 죄로
동백에게 중형이 선고되었다

매서운 바람을 견디며
꽃을 피워야 하고
동박새도 품을 수 없으며
가장 아름다울 때
스스로 져야 하는
가혹한 형벌이었다

눈부시게 순결한 삼월
아직 한참은
더 머물러야 할 꽃이
붉은 숨을 삼킨 채
언덕 위에서 흐느끼고 있다

붉디붉은 참회의 눈물을 흘리며

툭.

툭.

툭.

붉디붉은 참회의 눈물을 흘리며

꼬까옷 입고

겨울이
비단을 손질하고 있다

자르고
꿰매고
자고 있는 봄에게
잘 맞나 대어도 보며
여러 밤을 지새운다

봄은
곧
기지개 켜며
꼬까옷 입고
사뿐사뿐 걸어오겠지

만물을 깨우며

잔금

봄이
환절기 부동산에서
겨울과 마주 앉아
잔금을 처리하고 있다

이제 겨울은
시샘 이삿짐센터에 짐을 싣고
북쪽 고향으로 돌아갈 것이고

봄은 곧
연둣빛 살림살이를
한가득 꾸려
다시 이사를 오겠지

봄날의 꿈

창문 틈으로 들이친 햇살이

낡은 시간의 먼지를 살며시 쓸어가고

우리의 날들은 창가에 내려앉은 꽃잎처럼

한순간 또르르 미끄러져 흩어졌다

웃음은 유리창에 맺힌 빗방울처럼 반짝이며 흘러내리고

밤들은 작은 등불 하나로 꿰맨 이불 같아

꿈결에선 무게를 잃어버렸다

발자국은 이끼 아래로 스며들고

말은 바람에게 씻겨 소리 없이 멀어진다

남아 있는 건 손등에 남은 잔잔한 온기

짧았지만 분명했다

아 아

지난 세월은 봄날의 꿈이었구나

짧아서 더 간절하고 그래서 더 고맙다

숙취

봄서방이
뗏목 타고 겨울 강을
힘겹게 건너 왔건만

강가 빨래터에
쪼그리고 앉아
한겨울 내내 애타게 기다리던
봄색시는 온데간데없고

봄주막에 걸터앉아
국밥 한 그릇 들이키는데
들려오는 수근거림

"그 봄색시 말이네
아 글쎄 고새를 못 참고
여름 놈이랑 눈 맞아서

어젯밤 야밤도주를 했다지 뭐야"

봄서방은
막걸리 열 되를 들이붓고
봄주막 툇마루에
여태 퍼질러 자고 있다

해는 뉘엿하고
바람만 처마 밑을 맴도는 저녁
그의 가슴께
누군가 조용히 놓고 간 듯한
진달래 한 송이

왼손잡이

글씨를 쓴다
오른손으로
밥을 먹는다
또 오른손으로

"복 나간다 아서라"
그 옛날 울 할매
강경하신 계도
끝내 바꾸어 놓은 듯했다

돌을 던진다
왼손으로
새끼를 안아 든다
절로 왼손으로

하늘에서

울 할매 웃고 있다

겸연쩍게

할머니 제사

개 짖는 소리 유난할 때
당신이 오시면 좋겠습니다

밤새 울던 빗소리 잦아들 때쯤
그때 오셔도 좋겠습니다

당신이 오시는 소리 기다리다
이내 잠이 들면

그때 오셔서
손자 녀석 젖 한번 물려주다
새벽녘에 다시
그리 가시면 좋겠습니다

동구 밖

할머니는
햇살 고이는 동구 밖에 서 계셨다

대지팡이 짚고
초등학교 막둥이손주 이제나 저제나…

봄 아지랑이 속 종종걸음
작은 발 하나 파고들던 그 품

세월 흘러 그 아이는
어른이 되어 돌아왔지만
할머니는 진작 계시지 않았다

대지팡이처럼 푸르게 자라난
대나무 숲 하나가
조용히 감싸 안아 주었다

재회

들녘 먼발치
검정고무신 손에 거머쥐고
뛰어오는 소년이 보이시거든
아들인 줄 아소서

탱자나무 너머로
뛰 오던 그 소년이 보이시거든
아들인 줄 그리 아시고

맨발로 뛰쳐나가시어
와락 품에 감싸 안고
잠시만 그렇게
함께 울어 주소서

외할머니
외할아버지

2012. 12. 4

외삼촌을 멀리 떠나 보내드리고

돌아오던 천안 휴게소에서

더 오래 전 떠나가신 외조부모님께 바친 글…

연고

초록 이삭 물결치는

들판을 내달렸지

논두렁 가지런한 콩밭

땡개비 반가워 펄쩍였지

송사리 떼 물방개 숨바꼭질하는

도랑 옆 그 길을 내달렸지

한참을 달리고 목이 마를 쯤

다다른 외갓집

벽장 속 꽁꽁 아껴 둔

만병통치 호랑이 연고

정성스레 발라 주시던

내 외할아버지

어쩌다

내 새끼들 안쓰런 생채기

연고 발라 줄라치면

갑자기 눈이 시려온다

깊은 그리움

어린 제 기억 속 당신은

언제나 등을 구부리신 채

지팡이에 체중을 의탁하고 계셨습니다

백설처럼 희미한 백발

햇살에 스며들던 무명적삼 옷자락

묵언 속에 건네시던 손길 하나까지

모든 것이 희미한 몽상의 파편처럼

시간 너머 어슴푸레 떠오릅니다

그날의 대청마루

기침 소리 뒤로 들리던

울음마저 눌러 담은 어른들의 침묵

저는 그 뜻을 알 수 없어

털장화를 벗고 문턱에 걸터앉아

사라지는 당신의 여운을 무심코 바라보았습니다

이제는 제가 반백이 되어

세월의 흔적이 새겨진 거울 앞에 서면

그 속에서 당신의 품위와 정적을

문득 마주하게 됩니다

적요한 침묵 속에서

말없이 전해지던 온기

그것이 얼마나 깊은 정이었는지

지금에야 깨닫습니다

할아버지

비록 제게 오래 머물지 못하신 삶이셨으나

제 안에서는 평생의 온기로 남아

이토록 깊은 그리움이 되었습니다

그 길을 본다

"자네 오늘도 그 지게로 몇 논이나 옮기려나?"
도랑가 늙수레한 버드나무 괜한 참견을 한다

"늘 그렇지요 처자식들 입에 풀칠이라도 해야 하니…
그럼 저녁나절에 또 뵙겠습니다"

물 양동이 서너 개는 들이켜야 배가 버텼고
볏짚 콩단 일천 번은 저 날라야 하루가 갔다

"몹시 고단해 보이네만 내일은 좀 쉬엄쉬엄하시게나
어찌 자네 애비와 그리 똑같을꼬"

휘어진 그림자 저만치 앞서가며
안 그래도 바쁜 걸음을 재촉했다

쩌렁했던 버드나무 시간에 사그러진 그 도랑가에 서서

세월에 떠밀리고 시멘트에 묻혀버린 외할아버지의 길

그 길을 본다 그 길을 본다

그

길

을

본

다

.

.

.

우라빠 우럼만테

옆 동네 형들이 내 구슬 뺏어가면
피사리 한참이던 논으로 달려가
우라빤테 일렀었지

우라빠 자전거 페달 윙윙 돌리며 갔다 오면
구슬이 몇 배나 되어 돌아왔었지

앞 동네 누나들이 뻐드렁니 하고 놀리면
샛거리 준비 한참이던 정지로 달려가 우럼만테 일렀었지

우럼마 부지깽이 들고 달려가면
비명소리 온 동네 가득했었지

우라빠 우럼만테 이르기만 하면
만사가 척척 해결되었었지

돈 떼먹고 도망간 거래처 사장

키 작고 못생겼다고 무시하는 미스 김

일러버리기 전에 내 돈 돌려주고

내 사랑 받아 주는 게 좋을 거야

특히

지키지 못할 공약들로

힘없고 어려운 이들에게 상처 주는 사람들

이번에 약속 안 지키면 진짜로 콰악 일러뿐다?

우라빠우럼만테

훗날 가시려거든

아버지
훗날 가시려거든
당신이 좋아하시는
여름에 떠나가세요
먹이 찾아 호수 휘젓다
다리 불어 땡깡대는
어린 논병아리 응석을 보면
당신이 생각나게끔요

아버지
훗날 정녕 가시려거든
당신이 좋아하시는
담뱃잎 초록한 어느 여름에 떠나가세요
가시던 당신 나이 되어서도
끊지 못한 담배 한 모금을
석양 황홀지는 언덕에서 내쉴 때

또한

당신이 생각나게끔요

그래도 아버지

훗날 기어코 기어코 가시려거든

당신이 그토록 좋아하시는

장대비 후련한 어느 여름에 떠나가세요

당신이 눈에 넣고 다니시던

그 꼬무락한 손주 녀석들이

우산 없이 걷는 오솔길에서

그 굵은 눈물 줄기를 만나면

그때 또한

당신이 생각나게끔요

막둥이의 시샘

언젠가일 테지
아버지 떠나가시면
성아들 가슴 한 번 더 울릴게다

'큰 성아는 나보다 오 년은 더 아빠 보았잖아'
'작은 성아는 나보다 삼 년은 더 아빠 느꼈잖아'

그 언젠가일 테지
어머니 못내 가시면
성아들 마음 한 번 더 찢을게다

'큰 성아는 나보다 오 년은 더 엄마 보았잖아'
'작은 성아도 나보다 삼 년은 더 엄마 느꼈잖아'

이렇게

아버지의 꽃

봉안당으로 향하던 운구 버스에서
무정히 바라본 차창에 스치던 꽃
시커멓게 타들어가는 시간 속에서도
어찌나 유별나게 반짝거렸었던지요

지상에서 영원이 되신 그날이건만
아버지
그날 아카시아 꽃이 눈이 부셨어요
그날 아카시아 꽃은 참 예쁘더군요

아버지
햇살 눈부신 오월 당신이 그리우면
아카시아 나무로 소풍을 가려구요
시커멓게 타들던 그날… 그날처럼
윤슬같이 아카시아가 빛나 줄까요

거울 속의 얼굴

이따금
세면대 앞 거울을 오래 들여다보던 당신
그때는 몰랐지요
그 눈빛이
잃어버린 아버지를 더듬고 있었다는 걸

눈이 닮았나
코가 닮았나
입술이 귀가 닮았나
그토록 오래
당신은 거울 속에서 그를 찾고 있었지요

이제는 내가
그 거울 앞에 서서 묻습니다

눈이 닮았나

코가 닮았나

입술이 귀가 닮았나

나의 어디쯤

당신이 남아 있을까요?

마주 선 얼굴 너머로

오늘도

그리움이 뿌옇게 젖어듭니다

오늘도 사랑합니다

아버지 제사상 앞에 앉으니
빈 방석 하나가 속삭인다
"여기 앉아 이야기하자"
눈물 꽃 피는 밤의 손님

밥 한 숟갈 술 한 잔 올리면
시간은 뒤돌아 숨 고르며
아버지 웃음소리 저 멀리서
바람 타고 내 마음에 닿는다

술잔에 담긴 그리움 한 모금
깨진 사진 속 미소를 훔치며
내 안의 어린아이가 묻는다
"왜 이렇게도 보고 싶어?"

제사상 위 향연기 흔들리면

그대 내음 살며시 스미고

눈물과 웃음이 뒤섞인 밤

아버지 오늘도 사랑합니다

누름돌처럼

무심코 열어 본 어머니의 김장김치 독
맨들한 넓적 돌 하나 자리 잡고 있다
김치 숨 넘치지 마라 얌전히 있어라

떠난 이 보고픈 마음 넘치려 할 때
상처 입은 아픔 곪아 터지려 할 때
마음에 누름돌 하나 들여 놓고 싶다

어느 한적한 냇가 잡석들 사이에서
보듬어 들여 와 정성스레 닦고 닦아
소박하게 놓인 어머니의 누름돌처럼

복잡한 세상살이에 잔미운 감정들이
마음 괴롭히며 차올라 넘치려 할 때
누름돌 하나 가만히 올려놓고 싶다

어머니의 누름돌처럼

가지나물

우리 막둥이 먹여야 한다며
한 겨울에도
기어코 구해 와
버무려 주시는 가지나물

언젠가
당신이 못내 떠나가신 후
어느 식당에서 그 나물을 만나면
당신이 사무치겠지요

그 나물 맛있을 때
그 나물 맛없을 때
또한
당신이 사무치겠지요

그 언젠가

지나던 시골 텃밭에서 마주친

진자주 빛 대롱한 가지를 보면

당신이 사무쳐

한참이고 그 자리에

눈물 떨구며 서 있겠지요

면봉

꿀벌 분주한 아직은 초여름

살과 피를 항암제에 빼앗긴

엄마를 한참이고 부비다가

차마 돌아오던 사당전철역

늘 바쁜 걸음들 사이로

넋 없이 주저앉아 있는

단출한 좌판의 노파

외할머니를 닮았었다

어렵사리 차비와 바꾼

삼백 원어치 하얀 면봉

길벗 삼아 과천(果川)으로

마른 걸음 타박이던 그날

초여름의 햇살 너무 따가워

원망의 눈물 끝없을 때
면봉이 함께 울어 주었다
아직 남태령(南泰嶺)에서

사그락 사그락

하얀 손

따가운 햇살에 쏘이고
철마다 뿌린 농약이 짙게 배어
어머니의 서른 남짓 즈음 손등은
누구보다 고단한 세월을 품었기에
벌써 일흔의 얼굴을 하고 있었다

부끄러움 때문이었을까
집안 잔치라도 있을 때면
어머니는 늘 하얀 면장갑을 끼셨다
곱게 가린 손
오히려 시선을 더 끌던 그 하얀 손

이제 시간이 흘러
진짜 일흔을 훌쩍 넘은 어머니의 손
깊어진 주름이 비로소
자신의 흔적을 당당하게 드러낸다

더는 감추지 않아도 될

세월의 훈장을 닮은 손

하얀 장갑은 이제 서랍 속에 잠들고

맨손으로 마주하는

어머니의 빛. 나. 는. 삶

참 좋겠습니다

어머니
이다음에 당신이 가시는 날은
당신이 좋아하시는 흰 눈 소복한
겨울이 아니길 기도합니다

당신과 버무린 김장김치소에
돼지수육 맛나게 드시며
아들놈들 일 년치 김치 쟁여 놓으시고
뻐꾸기 울음 구슬픈 봄이 오거든
그때 떠나가세요

그 어느 날
찬밥에 물 말아 시큼한 묽은 김치 걸트릴 때
당신이 사무쳐서
한 술 한 술 눈물 가득 고여도 참 좋겠습니다

자석

내 집에는
자석들이 살고 있다

그 자력은
멀어지면 멀어질수록
엄청나게 강해져서

술에 취해 벗어나려
아무리 발버둥을 쳐 보아도

눈을 뜨면
내 몸 어딘가엔
어김없이
그 자석들이 붙어 있다

비 내리는 영동교

동이 트기에는 아직 민망한 새벽녘
이따금 오줌 잠에서 깬 꼬맹이의 귓가에는
창호지 소박한 정지 쪽문 틈으로 어김없이 실노래가 스며들어
왔어요

♪ 밤비 내리는 영동~ 교를 홀로 걷는 이 마음~ ♬
그 사람은 모를 거야~ 모~ 르실 거야~ ♩

살며시 열어 본 어두침침한 정지…
부뚜막과 마주 앉아 아궁이에 지푸라기를 태우시던 어머니
한번 자리를 잡으면 움직일 줄 모르는 바위처럼
그 자리에는 언제나 어머니가 계셨지요

어느덧
세월도 그렇듯 홀로 부지런히 걸어온 지금
수염 까무잡잡해진 꼬맹이는 퇴근 길 영동교를 지날 때마다

있는 힘껏 성대를 좁혀 부르곤 하지요

♬ 하염없이~~ 걷고 있네~ 밤비 내리는 영동교~ ♪

어머니
그 숱한 새벽 당신께서 수없이 건너신 그 유행가 속 영동교를
지금은 막둥이가 건너고 있네요

어머니
당신께서 건너오신 삶이 어찌 그 영동교뿐이었겠는지요

어머니
은백의 별빛들은 즐겁게 노래를 하고 있는데
왜 영동교를 지나는 막둥이의 눈에만 비가 내리는지 모르겠어요

어머니
이제는 부뚜막이 아닌 막둥이가 마주 앉아 함께 불러 드릴게요

♪ ♩ 잊어야지~ 하면서도 못 잊는 것은~~♪

♬ 미련미련미련~~~ 때문인~ 가~ 봐~ ♪♬

쇠똥구리

아침 먹고
딸내미
"아빠 똥 마려"

점심 먹고
아들내미
"아빠 똥 마려"

저녁 먹고
아들 딸내미
"아빠 아빠 똥 똥"

온종일 똥 닦는
나는
쇠똥구리

어머니의 기도

매일 새벽

부엌 모퉁이에 맑은 정화수를 놓는

어머니의 손끝은 숨결마저 떨린다

수평으로 잔잔한 물결 위에

어머니의 기도 한 자락이 얹혀

은은한 빛을 머금는다

"제발 우리 가족 아무 탈 없게…"

정성스레 채운 물속에는

지난밤 숨어 있던 눈물도 고여 있다

한숨 섞인 간절함이

물방울 되어 삭막한 공기를 적시고

우리가 깜빡인 잠결에도 어머니의 기도는

보이지 않는 날개를 펼쳐 온 집안을 감싼다

저 물잔 위에 번지는 빛깔은

어머니 마음속 끝 모를 그리움

홀로 견뎌야 했던 고단한 시간들

그러나 누구보다 든든한 버팀목이었다

이제야 나는 알 것 같다

부서진 꿈 조각 모아 띄운 그 정화수가

우리 삶의 투명한 초석이었음을

오늘도

어머니의 간절함 하나로

새벽은 다시 희망을 품고 일어난다

큰형

큰형은 말이 없었다

기뻐도 슬퍼도

늘 입을 다문 채

세상을 어깨로만 떠맡았다

새 학기 가방을 들어 보이며

"형 건 아직 쓸 만해"

웃던 입술에는

한 번도 원망이 묻은 적이 없었다

손 한번 내미는 법 없고

속마음 드러내는 일도 없던 형

그런 형의 손등에

조용히 깊어간 흉터 하나

그게 나중에서야

우리를 위한 상처였음을 알았다

형아

당신의 말없는 하루들이

우리 삶엔 문장이 되었다

당신의 등은 벽이었고

그 등 뒤에서 우리는

비바람을 알지 못했다

이제야 감히 물어본다

그 무거운 삶의 짐을

누구에게도 미루지 않고

끝내 침묵으로 버틴 당신의 마음은

과연 어디쯤에서 울고 있었냐고

형아

당신의 묵묵함은

가장 단단한 사랑이었다

말보다 깊고 눈물보다 따뜻한

우리 집의 뿌리였다

작은형

첫째는 기대였고
막내는 귀여움이었다
그 사이
형은 조용히 아주 조용히 자랐다

누구보다 먼저 철이 들었고
누구보다 늦게 울 줄 알았다

아버지의 묵음 같은 눈빛을
형은 가장 먼저 읽었고
어머니의 메마른 한숨을
형은 가장 먼저 삼켰다

하고 싶던 말도
먹고 싶던 것도
늘 "괜찮아" 한마디로

자기 마음을 접던 사람

내가 넘어졌을 땐
말없이 손 내밀어 주고
뒤에서
아무도 모르게 등을 밀어 주던

나는
형이 거기 있는 줄 알면서도
참 자주 잊곤 했지
그런데도 형은 단 한 번도
내 편이 아니었던 적이 없었다

세상 누구보다 조용하게
가장 깊이 나를 사랑했던 사람
그게 우리 작은형이었다

가족

겨울이 되고팠던

여름남자와

여름을 사모하던

겨울여자가

첫눈에 반해

백만년가약을 맺었습니다

더운 날에는

여름남자가 겨울여자의 치마폭을

추운 날에는

겨울여자가 여름남자의 뜨거운 가슴팍을 파고 들었습니다

황홀한 신혼 밤들이 꿈처럼 흘러가고

겨울여자는 잉태를 하게 되었습니다

꼬박 천 년을 정성스럽게 보듬으며

숭고한 산고 끝에 이란성 쌍둥이를 출산하였습니다

포근하고 싱그러운 여자가 되어 주길 바라며

첫째 여자아기에게는 '봄'을

착하고 매력적인 남자가 되어 주길 바라며

둘째 사내아기에게는 '가을'이란 이름을 지어 주었습니다

그리하여 봄 여름 가을 겨울

이렇게 네 식구는

수십억만 년을 행복하게 살아가고 있습니다

치킨

주문 배달된 후라이드
마눌님과 아들딸내미가
무섭게 뜯고 지나간 자리엔
앙상한 뼈들만 반짝거린다

가만히 들여다보니
침 흥건한 뼈다귀들
군데군데 붙어 있는
연골과 살코기

나도 모르게
오독오독 뼈를 깨물다
느닷없이 떠오르는
그 옛날 아버지의 야무진 입술

왜일까!

불현듯 목이 메어 오는 건

불현듯 목이 메어 오는 건

69

고추잠자리

"아빠
잠자리가 고추를 먹으면
고추잠자리가 되는 거야?"

아들아
너는 그때 고작 네 살
작은 두 눈엔 세상이
전부 신기한 마법이었지

길가에 널린 빨간 고추들을
무지개처럼 바라보며
잠자리가 날아드는 모습을
마치 동화처럼 말하던 너

아빠는 허허 웃었지만
그 순간 솔직히

가슴 한쪽이 뭉클했단다

작은 입술로 쏟아낸 그 말 한마디가
지금도 마음 한편에
고요히 앉은 노을이 되어
이따금 아빠를 울컥하게 해

시간이 많이 흘러
너는 이제 고추잠자리가 뭔지도
세상의 이치도 알겠지만

아빠는 가끔
그 말 하나에 멈춰 서서
네가 뛰놀던 그 길가를
혼자 걸어 보곤 한단다

언젠가 다시 묻는다면
이렇게 대답해 줄 거야

"그래 우리 아들

잠자리가 고추를 먹으면

세상에서 제일 예쁜

고추잠자리가 되는 거란다"

절도미수

용돈 궁해 스리슬쩍
열어 제낀 마눌님 핸드백
손지갑이 배불렀다

'어쭈 어찌 지 혼자만?'

괘씸하여 주리 틀어 펼쳐보니
배 불린 건
몇천 원 동전 몇 닢 할인쿠폰
할인카드 시장목록 납부영수증

그리고
새끼들 사진

퇴근 길 죄송스러움에
케익 하나 주워든다

피붙이

내일 세상이
멸망한다 해도
나는 오늘
사과나무 따위는 심지 않으리

지인들에게는
"즐거웠소 잘 가시게"
카톡 한 줄 날리고

내 피붙이들
한자리에 모아
살 부비고
품에 파묻히다
그렇게 함께
내일을 맞이하리라

가난한 길

해진 운동화 구멍 사이로
자꾸만 햇살이 새어 들어와

가난을 털며 걷던 그 길은
사실
보석을 밟고 가는 길이었다

우리의 유년은
먼지마저 금가루였다

이제는 훌쩍 커버린 발자국 뒤로
그날의 노을이 긴 그림자를 끌어당기며
여전히 내 등 뒤를 따스하게 밀어 주고 있다

화백

전성기를 구가하는

혈기왕성한 安화백들이

오늘도 밤새

신작을 완성하셨다

혜원 신윤복의 선이

이보다 더 섬세할 수 있으랴

단원 김홍도의 해학이

이보다 더 풍성할 수 있으랴

묽노란 단색 하나로

힘찬 붓질 거침없는 체법으로

이불 위에

화려한 대작이 펼쳐졌다

그윽한 향까지 더해진

완성도 높은 문제작들

스승은 오늘도
세탁기 앞에 묵묵히 서 있다

퀭한 눈으로

아빠의 잔머리

"아빠, 스파이더맨이랑
슈퍼맨이 싸우면 누가 이겨?"

아들 방 창문에 몇 달이고
매달려 있는 먼지 수북한
처량한 스파이더맨이 떠올라

"당연히 스파이더맨이 이기지"
…
"아, 그래? 알았어"

아들과 스파이더맨은
어느새 다시 의형제를 맺고
또 온종일 같이 날아다닌다

"앗싸아~

슈퍼맨 값 굳었다"

사랑과 똥

"아빠!

나 사랑해?"

"그러엄

우리 아들 아빠가 당연히 사랑하지"

"음

얼마만큼 사랑하는데?"

"아빠는

우리 창민이 똥도 먹을 수 있어"

"아빠는

더럽게 왜 똥을 먹어?"

"음…

그만큼 창민이를 많이 사랑한다는 거야"

"그럼

많이 사랑하면 똥을 먹는 거야?"

"그게 아니라

창민이의 똥도 먹을 수 있을 만큼

그 정도로 창민이의 모든 것을 사랑한다는 의미야"

"그럼

똥을 안 먹으면 사랑 안 하는 거야?"

"아니

똥을 안 먹어도 사랑할 수 있어"

"근데

아빠는 왜 똥을 먹어?"

아들아! 미안하다

우리에겐 시간이 더 필요한 것 같다

아빠는 결코

똥은 먹지 않는단다

우리에겐 시간이 더 필요한 것 같다

개망초

조막손 같은 흰 꽃잎

햇살 한 줌 꼭 쥐고

길가에 피어선

바람과도 친구하네

연약하다 말하지 마

흔들려도 꺾이지 않으니

뿌리 깊은 의지로

작은 몸 큰 마음을 피운다

누구의 눈길 없어도

하늘 보며 웃는 꽃

개망초야

너 참 당당하고 예쁘다

가족사진

정갈히 웃고 있는
한 장의 가족사진
이제 한 사람 비었을 뿐인데
이렇게 이렇게도 허전하다

둘 셋…
차례로 자리를 비워갈 얼굴들
그 빈자리에 벌써 애린 바람이 스민다

만약
나오는 순서 그대로 돌아간다면
막내인 내 딸이
가장 나중까지 이 사진을 품고
우리 모두를 떠나보내야 할지도 모르겠다

그 모진 이별 앞에서

하나하나의 이름을 접으며

그 작은 가슴에

얼마나 깊은 밤이 드리울까

아무도 함께 울어줄 수 없을 그 시간

차마 미리 아파해 줄 수도 없어

나는 그저

이 마음을 조용히 시간에 내맡기련다

기억이 흐려지는 날들 속에서도

이 사진만은 내 딸 손 안에서

지워지지 않기를

우리가 서로를 품고

잠시 함께 웃었던 이 순간이

세상 가장 오래 남는 따뜻함이 되기를

풀잎에 맺힌 이슬처럼

이른 아침
안개 자욱한 갈대숲 길을 달렸어요

농익은 흙 내음 온몸에 스밀 때쯤
도요새들 발자국 앞에 어느새 앉았습니다
"한바탕 술래잡기라도 한 걸까?"

아무리 둘러보아도
온통 눈을 채운 갈대들만이
지난 밤 이야기를 머금고 있었지요

동산마루 서서히 해 오를 때
일제히 반짝이던 영롱한 구슬들

하나 둘 미끄러지며
끝내 아무 말 없이 대지 속으로 사라져가고

풀잎들만이 아쉬운 듯 프르르 떨고 있었어요

살아가다 보니
사랑하는 사람들은 그렇게들 떠나가더군요
이른 아침 풀잎의 이슬처럼

차마 아무 말 없이
이름 모를 풀잎에 맺힌 이슬처럼…

붕알 한 쪽 떼어 놓고

친구야

너 가려거든

나보다 먼저 가라

너 보내던 길 되밟으며

이따금 깡소주나 한 모금 마시게

너 이놈 가려거든

멋진 척 가을에 떠나가라

너 보내던 길 흩날리는 낙엽 맞으며

이따금 코트 깃 올리고 멋스럽게 걸어 보게

너 이 자식 너 가려거든

미소 지으며 편안하게 떠나가라

너 보내던 길 햇살 포근하게 내리쬘 때

이따금 아내와 팔짱 끼고 분위기나 잡아 보게

너 이놈의 새끼 너 가려거든

고요한 새벽 성당 종소리 잔잔할 때 가라

너 보내던 길 바람에 안개 파도치며 흘러갈 때

이따금 너 좋아하던 그 노래 휘파람 불어 실어 보내게

옛끼 이 새끼야

어찌되었든 지금은 살아 있자

치고 박고 욕도 실컷 하며 지금은 살아 있자

훗날 먼저 가는 놈은, 그 자식은…

붕알 한 쪽 떼어 놓고 그렇게 가기로 하자

잊을 수 없음은

내 고향 내 잊을 수 없음은
그 옛날 우리 할매 젖가슴
꽃 이불 아래서 향긋하던
아릿함이라서네

내 고향 내 잊을 수 없음은
청포도 주렁한 넝쿨아래
온종일 풍성한 젖을 빨던
달콤함이라서네

내 고향 내 잊을 수 없음은
뒷동산 올라 내려다보던
모락한 굴뚝연기 흘러가던
정다움이라서네

내 고향 내 잊을 수 없음은

형형색색 비단길에 빛나던
두고 온 눈부신 내 꿈들의
아름다움이라서네

내 고향 내 잊을 수 없음은
그 옛날 철모르는 아이의
당돌한 해맑은 웃음소리가
언제까지고
들리고 있음이라네

칼부림

싸리나무 꺾어 정성스레 연마하여
꼬맹이들 시퍼런 검 만들었다
우랭산 올라 허리춤에 폼 내고
저마다 천하를 호령한다

안 장군과 김 장군의 치열한 전투
"안 맞았네" "안 죽었어" 김 장군의 우김질에
비장한 각오로 검 끝에 진흙 발라
있는 힘껏 칼 부렸다

피멍 선명한 김 장군이 서럽게 후퇴하고
어둑할 무렵 엄마를 전령으로 보내왔다
그날 밤 안 장군 엄마는 칼보다 더 서슬퍼런
빗지락 몽둥이를 주워 들었다

대장군들 함성 가득한 세월 잡순 우랭산에는

주인 모를 뫼만 가득하다
"다들 어디로 간 것일까?"

내 동무들 그립구나
안 맞았던들 죽었다 배려하고
잃은 추억 선물하며 신명나게
칼부림이나 한판 벌여 봄세

내 동무들 빈자리에는
싸리나무만 무성도 하다

징허게

향긋한 아버지 헛기침 여명 깨우면
새벽 들판은 벼 익는 소리로
들일을 재촉한다
한껏 푸릇한 이슬 촉촉한 광야
참새 패거리 나락서리 시작하면
아버지 낡은 삽자루 동무 삼아 소풍 떠나던 곳
"아, 징허게 그립기도 허다!"

처자식 밥그릇에 좋던 청춘 다 팔아
얻은 건 고작
갈라진 고목 손 굳은 발뒤꿈치
무명적삼 단아한 그의 어머니 요술주머니에서
새치름히 나오던 할매 내음 배부른 박하사탕이
달콤한 인사를 건네던 시절
"아, 징허게 그립기도 허다!"

아궁이 짚풀 태워 정성 징헌 샛거리 수레 상석에
철모르는 까까머리 앉았다
거친 논길 나란히 뻗은 깨구랑창
세월 잡순 청개구리 삿대질에
돌팔매로 비웃으며 어머니 힘줄 굵게 하던
빛바랜 푸른 시절
"아, 징허게 그립기도 허다!"

대나무 가지치고 실푸레기 엮어
밀짚모자 부담스런 까까머리
해창(海艙)다리 다시 앉았다
거시랑치 미끼삼아 붕어님들 약 올리던
죽산(竹山) 우랭이 내 명당자리
"아, 징허게 그립기도 허다!"

스무 해 후 찾아간 내 명당자리 위엔
허리 굽은 자그마한 노인 셋이서
단출한 술판을 즐기고 있다
가만 뵈니

그 옛날 온 들판을 주름잡던

한없이 높은 어깨 넓은 가슴의 소유자들

쪼그라진 모습으로 되레 나를 올려다본다

석양 가르며

다리 밑 하룻밤 찾아 들었다가

밝은 날 물살 따라 미련 없이 사라지는

저 떠돌이 잉어들처럼

어쩌면 인생(人生)도…

"앗따메 오늘도 그리움은 징허게 부지런도 허다!"

요리

시간이
여름을 굽고 있다

곧
빨갛게 익은 가을을
맛볼 수 있겠지

유년의 길

오월이면
오월이면 생각나는 길

물고기 한가로운 도랑 옆
이름 모를 우굿한 들풀들이
바람에 춤을 추며 미소 짓고
덜 익은 청 보리밭
송아지 날뛰다 우적이며 졸던

제 몸보다 큰 가방을 멘 꼬마 녀석들
저마다 풀 바람개비 쥐고 내달리다
땀 내음 절절한 엄마 품에 안기던
온통 초록했던 길

오곳한 삐비 뽑아 물고
아카시아 나무에 다다르면

어느새 마중 나온 우리 누렁이

귀밑머리 핥아 주었지

오월이면

아 오월이면 그 길에 앉고 싶다

토끼풀 꽃 엮어 띄워 보내며

내 유년의 단상들을 아름답게 잇고 싶다

소나기

갑자기 어두워진 들판
평온을 깨고
바람이 먼저 수런댄다

잠자리는 허공을 갈라 사라지고
연잎 위 낮잠 자던 개구리
휘둥그레 눈을 뜨며 튀어 오른다

피사리에 여념 없던 아낙들
머릿수건 휘날리며
비명치듯 쫓겨 달린다

아득히 밀려오는 초록의 파도
저편 벼 이랑들이
일제히 출렁인다

잠시 뒤

세상이 물을 다 마신 듯

들판은 다시 고요해지고

아버지

자전거 삽 걸치고

물꼬 틀어 논으로 향하던 모습

그 뒤로

잔잔한 하늘빛 틈 사이로

어느새 무지개 하나

빗물 머금은 웃음처럼 피어난다

허수아비

연초록 논물에 바람 이는 날
모자 끝에
예쁜 참새 서넛 날아 와 앉아
조잘조잘 입을 연다

“영감님 불 좀 빌립지요”

“옛끼 이놈들
내가 너희 증조 조상들하고
깨복쟁이 동무거늘 허허~”

한때는
안광옥 씨네 막둥이가
빈 깡통 들고
훠이훠이 고함치면
네 녀석들 조상님들

혼비백산 날아오르곤 했더랬다

그 막둥이

이제는 보이지 않지만

오늘도 나는

그 아이의 고함소리 기다리며

연푸른 논가에 조용히 서 있다

외발로

향수

한여름 오후
논에 물 대고 돌아온 아버지와
대청마루에 나란히 누웠다

볕에 데운 팔베개 위로
벼 개구리 우렁 참새 냄새
잠자리의 작은 날갯짓까지
아버지 몸에서 스며 나왔다

나는 그 냄새 속에서
스르르 잠이 들었다

해가 기울 무렵
우물가에서 들려오는
쓱쓱~ 싹싹 쓱쓱~ 싹싹
엄마 쌀 씻는 소리에

부시시 일어난 부자는

사타구니에 두 손 모은 채로

멍하니 바라만 보았다

햇살이 기울고

제비가 처마 아래 들어설 무렵

나는 그 여름의 냄새를

오래도록 가슴에 숨겨 두었다

바다처럼

숨이 턱턱 막히는

무더운 여름날이면

나는 고요히 눈을 감고

가슴 깊은 곳의 바다를 불러냅니다

그곳에는 언제나

바람을 머금은 파도소리

하늘을 가르는 갈매기의 날개짓

검푸른 수평선이 말없이 기다리고 있습니다

바다는

한 번도 등을 보인 적이 없습니다

내가 지치고 화가 나고 세상에 투정을 부려도

그저 말없이

그 자리에 머물며 나를 기다립니다

마치

어머니의 치맛자락을 꼭 붙들고

하염없이 서 있던 어린 날의 나처럼

나는 바다 앞에서 평온을 찾고

조금씩 바다를 닮아갑니다

나도 누군가에게

아무 말 없이

기다림이 되어 줄 수 있는 존재이기를

말보다 깊은 침묵으로

사랑보다 큰 품으로

누군가에게 바다가 되고 싶습니다

빨간 게

그 여름

소나기 몇 줄기 한바탕 쏟아지고 나면

우리 집 마당엔 빨간 게들이

어디선가 나와 사부작사부작 기어다녔다

게들은 원래 바다에 산다는데

왜 우리 집까지 올라왔을까

이따금 나는 몰래 뒤쫓아 보기도 했다

그때마다 돌멩이 밑에 숨었다가

잠깐 나와 나를 힐끔 보곤 했지

뒷마당엔 잠자리들이

떼 지어 빙빙 날며

하늘에 그림을 그렸고

도랑 속 붕어들은

마치 숨바꼭질하듯

빙글빙글 돌다 쏙 숨어 버렸다

허수아비 아저씨는
젖은 옷을 펄럭이며 춤을 췄고
장독대 위 햇님은
"나 왔어!" 하고 방긋 웃었다

그날 저녁
우리 다섯 식구는 평상에 둘러앉아
김이 모락한 된장국을 먹었다
엄마는 고추를 꼭꼭 씹었고
아빠는 오이무침을 한입에
나는 형들보다 달걀말이를 세 번 더 집었다
바람은 가지 끝을 살랑이며
"잘 있었냐" 묻지도 않고 다정했지

그 모든 게
참 조용하고 따뜻해서
지금도 내 마음 속 어디쯤인가

빨간 게 한 마리

슬금슬금 기어가는 것 같다

사부작사부작

빨간 게 한 마리

별 서리

늦여름 밤
반짝이는 북두칠성을 따
설익은 별들을
몰래 한 국자 퍼먹으면

"별 도둑놈 잡아라~!"
호통 치며
가을이
득달같이 달려들까?

그해 여름의 평상

어릴 적 외갓집 앞마당 평상
사촌들과 빙 둘러앉아
옥수수 노란 알갱이를 톡톡 떼어 물면
고소한 향기 입 안 가득히 퍼지고

외할아버지 후후 핀 쑥 연기
모기를 쫓는 은빛바람 되어
밤하늘로 천천히 흩어지고
외할머니 손길은 부지런히
이놈 저놈 머리를 쓰다듬었지

달이 내려다본 외갓집은
주황빛 구슬처럼 반짝였고
평상에 누워 올려다본 하늘엔
무수한 별들과 함께
우리의 꿈들도 반짝이고 있었지

반딧불이 덩달아 반짝일 때면

외갓집은 어느새 동화가 되었다

별빛 아래 누워 있던 그 평상

그 온기 그 소리 그 빛깔 모두

내 마음 가장 깊은 곳에 숨 쉬며

지친 하루 끝마다 나를 붙잡는 빛이 되고

잊으려 해도 잊히지 않는

내 삶의 가장 따뜻하고도 아픈 자리로 남았다

그땐 미처 몰랐었지

그 평범했던 밤들이

끝내 사무치게 그리울 줄은

훈수(訓手)

판 안에 갇힌 눈은 길을 잃어

좁은 외통수에서 숨이 막히는데

판 밖에 앉은 구경꾼의 눈에는

막힌 길 너머로 비단길이 보인다

내 삶의 주인이 나인데도

정작 나를 잃고 헤매는 것은

승부라는 뜨거운 불길에 눈이 멀어

서늘한 전체를 보지 못한 탓일까

달아오른 바둑판을 밀어 두고

내 인생이라는 연극의 객석에 앉아 본다

한 발짝 물러서자

비로소 보이는

나라는 이름의 거대한 산맥과 골짜기

신명 나게 두던 인생 한 판을

훈수 두듯 무심히 바라볼 때

꽉 쥔 손아귀에서 힘이 빠지고

돌 하나 내려놓을 자리가

환히 드러난다

귀뚜라미

"어딜 가니?"
"가을이 소리 먼저 온다고 해서
귀 뚫으러 가고 있어"

"넌 어딜 가니?"
"가을이 소리 먼저 익는다고 해서
귀 뚫으러 가"

"넌?"
"나도 귀 뚫으러"

"너도?"
"응, 귀 뚫…"

묻는 소리 가득한 새벽
분주히 대답하는 소리

귀 뚫으러 귀 뚤으러

귀 뚜르러 귀 뚜르르

귀뚜르르……

초가을 새벽녘

여름이 하도 속을 태워
반쪽이 되었던 달이 다시
휘영청 둥실해진 새벽녘에

초롱한 풀벌레 노랫소리들
별처럼 귓가에 무수히 박히면
돛단배 하나 하늘에 띄워 봅니다

삿대 나침반도 없는 밤 소풍에
마침 소담한 하늬바람 스치우니
이 순간 가진 것 하나 없어도
나는 가난하지 않습니다

가을엔

바람이 건네는 모든 말을 받아들이며
당신 발자국 위에 잠시 머물다 사라지는 것
가을엔 낙엽 한 장으로 흩어지고 싶어요

뜨거운 숨을 담아 당신의 손등을 녹이고
창밖의 쓸쓸한 빗줄기를 함께 바라보는 것
가을엔 오래된 찻잔 하나이고 싶어요

어둠이 내려앉을 때면 작은 온기를 내어
길 잃은 마음들의 길잡이가 되어 주는 것
가을엔 전등 불빛처럼 조용히 빛나고 싶어요

닿는 순간 모든 계절을 잠시 멈추게 하고
말하지 않아도 서로를 감싸주는 그 손끝
가을엔 당신의 손끝이고 싶어요

달태공

밤물결 잔잔한 하늘호수

달이 고요히 노 저어 와

낚싯대를 꺼내 누이고는

달빛바늘에

풀벌레소리 미끼를 끼워

이제 먼 아래 인간 세상에 드리운다

달콤한 초롱별들을

한 움큼 또 한 움큼 아낌없이

밑밥으로 뿌리며 한참을 기다릴 때쯤

잠 못 이룬 어느 어린 시인

별 향기에 취해 시를 노래하다

풀벌레소리를 덥석 문다

여전히 풀벌레소리 맛있는 새벽녘

제대로 손맛을 본 달태공이

또다시 미끼를 끼워 낚싯대를 드리우며

초롱별들을 뿌리고 있다

한 놈 두지기… 털털

울긋불긋 가을이면

뒷산 함초롬 휘저으며

아침나절부터 꼬맹이 놈

알밤 주워 나른다

울 할매 세어 보란다

"한 놈 두지기 석삼 너구리 오징어 유자 탱자 말뚝 박구 털털"

알록알록 가을이면

조선된장 한 대접 해치우고

점심나절에도 꼬맹이 놈

열심히도 알밤 주워 나른다

울 할매 세어 보란다

"한 놈 두지기 석삼 너구리 오징어 유자 탱자 말뚝 박구 털털"

주렁주렁 가을이면

지나던 길 우연찮게 마주친

노파 앞 알토롱한 알밤다라가

한참이고 발을 붙잡는다

울 할매 사무칠 때 괜시리 무서울 땐

홀로 주문을 외운다

"한 놈 두지기 석삼 너구리 오징어 유자 탱자 말뚝 박구 털털"

밤송이

가을 볕 드는 길목에
앙다문 밤송이 문 열 때
알알이 익어가는 시간

날 선 가시 세우고
세상 향해 닫았던 마음
따가운 햇살에 터져
달콤한 이야기 내어 놓으니

그 안에 숨겨 둔 추억
밤톨처럼 굴러 나와
마침내 가을이 되었네

은행

가을 햇살 속
노란 잎 하나
마음에 내려앉으면

바람에 흔들리며
속삭이는 기억들이
손끝에 스민다

길 위를 수놓은
작은 황금빛 길이
걸음을 멈추게 하고

노란 은행 알맹이들이
조그만 웃음처럼 땅에 우두두두
계절의 농담이 묻어난다

소망

가을에는

예쁘게 단장하고

햇살 눈부신 길에 눕고 싶다

지나던 꼬마 녀석 손에 들려

한바탕 날아다니다가

노을빛 엷어질 무렵

어느 어린 시인의 손에 다시 들리고 싶다

아끼는 시집에 무심코라도 끼워진다면

내 짧은 생은 한없이 길어지겠지

이왕이면

별을 노래한 시집이라면 좋겠다

긴 날을 별들과 그렇게 노래하다

어느 겨울 날 저녁

시인의 편지와 함께 날아가고 싶다

사랑을 고백하는 편지라면 더욱 좋겠지

가슴 벅찬 눈물 한 방울에

내 메마른 갈증도 사라질 테니

가을에는

아, 가을에는

노을 붉게 드리워진 길에 누워

하염없이 어린 시인을 기다리고 싶다

낙엽의 속삭임

바람이 멈춘 자리에
나뭇잎 하나 고요히 눕는다

붉은 숨결 토해내고
스스로 빛바랜 이야기 되어
가벼이 땅에 내려앉는다

찬란했던 여름날의 꿈
푸르렀던 생명의 약속
그 모든 뜨거움 갈무리하여
조용히 등을 돌리는 순간

시간의 발자국 소리는
더 이상 서두르지 않고
먼저 간 벗들의 기억 위에
살며시 겹쳐진다

가슴 시리도록 아름다운

이 이별의 풍경 속에서

나는 문득 깨닫는다

지는 것은 사라짐이 아니라

새로운 시작을 위한

가장 깊은 고요라는 것을

가을 새

여태 여름인가 싶건만

어느새 가을도 한참

어느새 은행은

거리에 눈물방울 떨구며

저리도 손수건을 노랗게 적시고 있나

작은 비단 새 한 마리

어느새 은백으로 쇠어진 억새에 앉아

지난여름을 추억한다

내 나이 어느새 마흔하고도 하나

아직은 인생 여정의 불같은 여름

이 한 밤 또 지나고 나면

어느새 붉게 물든

내 인생의 가을 길을 서성이며

지난 계절을 아쉬워하고 있겠지

이 어둠이 걷히면

사람들 입에 저마다 둥지를 튼

어느새 한 마리들

조용히 날갯짓하며 노래하겠지

어느 새

어느 새

대추타작

밤송이 같은 가을 햇살 아래
아이들 웃음 섞인 장대 소리 퍼지고
쐐기들의 따가움도 잊은 채
대추나무는 추억을 털어 주었지

땅 위엔 태양을 품은 붉은 알들
햇살에 반짝이며 비 오듯 쏟아지면
어린 눈빛은 그 속에서
작은 우주를 발견하곤 했지

손바닥에 담긴 따스한 붉음은
할머니 사탕 같은 달콤한 약속
한 알 한 알 입술에 닿을 때
세상은 금빛으로 익어갔네

지금도 문득 주머니를 뒤질 때면

한 알의 대추가 어린 날을 깨운다

어느 햇살 따가운 가을날이 오면

그날의 대추는 다시 붉게 익어간다

꼬마의 기다림

가을걷이 풍성하고
하늘 치솟을 때면
금빛 갈대 사이로
석수 할배 돌아왔지

한철 주인 기다리며
피골상접하던 폐가는
다시금
홍조를 띠었지

삶의 진리와
자연의 아름다움과
별들의 소망과
인연의 귀중함을
늙은 석수는 가르쳐 주었지

흰 눈 풍성한 어느 겨울

기력 쇠잔해진 석수는

파릇하게 머리 깎여

어디론가 실려 갔지

꼬마는 해마다

가을걷이 풍성하고

하늘 치솟을 때면

금빛 갈대숲에 서 있었지

오지 못할

늙은 동무 기다리며

• 석수 - 대략 한 계절을 한동네에 머물면서 이집 저집 자기만의 순서를 정해
  놓고 매일 밥을 얻어먹는 사람.(전북 죽산의 방언)

눈 위에

눈 위에 시를 새깁니다
솔개가 내내 맴돌며 읽고
들쥐의 노래가 숨어 있는
지나던 바람 조심스러운
인적 없는 눈부신 설원에
시를 새깁니다

눈 위에 시를 뿌립니다
봄바람에 흘러 내려
목마른 땅의 우유가 되고
들새의 겨울 때를 씻어 줄
인적 드문 외로운 설원에
시를 뿌립니다

눈 위에 시를 펼칩니다
사랑하는 이가 반짝이고

그리운 이들이 사무치며

옛 시절 아련히 노래하는

내 마음 아담한 그 설원에

시를 펼칩니다

겨울엔

겨울엔
아이스크림 같은 시를 쓰고 싶다
누구나 한 숟갈 떠먹고 싶을
그런 달콤한 시를 쓰고 싶다

겨울엔
하얀 눈 위에 스케치를 하고 싶다
누구나 흰 붓으로 색칠하고플
그런 하얀 스케치를 하고 싶다

겨울엔
군고구마 같은 사랑을 하고 싶다
누구나 뜨거운 입김 날리고플
그런 따뜻한 사랑을 하고 싶다

이 겨울엔

눈부신 설원에 무작정 눕고 싶다

누구나 친구 되어 곁에 눕고플

들녘 하얀 사람으로 눕고 싶다

겨울 별

아가야
먼 훗날 어느 겨울이 오거든
네 보물 같은 처자식과 손주들을 거느리고
여행을 떠나 보렴

기왕이면
대숲이 포근하게 감싸안고
드넓은 들판이 펼쳐져 있는
아빠의 아릿한 황토 빛 고향집이면 좋겠다

해맑은 참새 녀석들의 지저귐에 눈을 뜨고
문 열어 바라본 세상은
마법처럼 온통 순백일 것이고
들로 향한 주인 모를 발자국이 있거든
아가야
보물들에게 저마다 따뜻한 털 장화를 신기고

천천히 아주 천천히 함께 뒤따라 밟아 보렴

한참을 뒤따라 걷다
문득 바라본 언덕에
어느 연파람이 눈가루 휘몰아 가거든
아가야
미소 짓던 아빠를 떠올리며 하늘을 보렴

이내 떠오르는 태양에 수 없는 설광(雪光)들이
두 눈 속에 별이 되어 반짝거리거든
아가야
눈사람을 만들고 눈밭을 잠시 구르다
다시
청국장 구수하게 자글거리는 방으로 들어들 가렴

아빠는
보물들이 남기고 간
눈사람들을 한없이 쓰다듬고
발자국들을 되밟으며

긴긴 겨울날들을 그렇게 분주할 것이고

벌써 이듬해 겨울을 기다리고 있겠지

두 눈 속에 반짝이던 별들을 헤이고 또 헤이며…

청국장

구수한 냄새는
들키고 싶지 않은
시골의 비밀

따뜻한 아랫목
짚단 아래서 터진
콩들의 사랑 이야기

한 뚝배기
눈물 젖은 밥 한 술의
끈끈한 정(情)

고독한 밤에 흐르는
별빛처럼 가슴에 사무치는
어머니의 눈물

겨울 민들레

뿌리 깊은 곳

누군가 떨어뜨린

뜨거운 눈물 한 방울

그 불씨로

얼어붙은 동토를 뚫고

노란 입술을 내미는 일

겨울이 혹독할수록

꽃잎은 더 선명한 고립이 되고

바람이 매서울수록

홀씨는 비명이 아닌

가장 부드러운 노래가 되어

눈송이 사이로 흩어진다

계절을 거역한 것이 아니라

당신이라는 봄을

차마 기다릴 수 없어

스스로 봄이 되어 버린

어느 지독한 사랑의 자국

눈의 노래

숨비소리 같은

굴뚝새 울음 잦아드는

덜 익은 새벽녘에

창호지 야무지게 퍼런

툇마루 문지방 사이로

눈이 부르는 노래가 흘러 들어왔다

장독대 양철지붕 위에서는 고요한 자장가를

우물물에 녹아들 때에는 애잔한 노래를

댓잎에 미끄러질 때에는

분명 눈은 휘파람을 불고 있었다

그렇게 숱한 겨울새벽들은

눈의 노래를 마시며 잔잔하게 익어갔다

부지런한 까치소리에 눈을 뜨면

온통 하얀 드넓은 들판 위에서

천둥오리 떼가 기지개를 켜며

지난밤의 안부를 물어 주었고

싸리 빗자루를 쥐어 든 동네 사람들은

하나둘 예술가가 되었다

마음두렁

밤사이
눈이 소복이 내린 들판에서
어라?
논두렁들이 죄다 숨어 버렸다

얼마 전까지만 해도
"니 논 내 논"
경계 짓던 녀석들

사람들 마음도
그처럼 매몰차게 갈라놓던
두렁들도

이제는
하얀 눈 속에 숨어 있다가
자기도 모르게

스르르 잠들면 참 좋겠다

미루나무

방패연을 놓친 아이의 울음이
그리도 애달팠던 걸까
팔을 뻗어 연줄을 붙잡아 준 건
길가의 미루나무였다

아이는 곧
제 키 몇 곱인 장대를 들고 와
초인의 힘으로 하늘을 찔렀다

어설픈 장대질이 간지러웠을까
끝내 연줄을 놓친 미루나무

아이의 울음을 매단 채
방패연은 강 저편
보이지 않는 어딘가로 사라져 버렸다

천국이라도 오래 머물지 못한 바람은

차마 발길을 떼지 못하고

오래도록 그 자리를 맴돌았다

그날 밤

아이의 눈에는

빈 하늘을 별들로 채워 넣는 어둠 아래

태연히 달과 나직이 속삭이는

미루나무가 보였다

아이는

한동안 애써

그 미루나무를 외면했다

수염 거뭇해진 아이가

오랜 세월을 돌아 다시 찾아간 그 길

방패연을 닮은 조각구름을 쓴 채

늙수그레해진 미루나무는

여전히 두 팔을 벌리고 있었다

아이는 말없이

그 품에 와락 파고든다

어떤 그리움은 마주치는 순간

그대로 그리움의 화석이 된다

아이는 말없이

나무도

겨울에는
나무도 걸을 수 있으면 좋겠어

추운 겨울
구들장 뜨끈하게 데워 놓으면

뽀드득 뽀드득 눈길 걸어 와
꽁꽁 언 몸
지질 수 있게

성탄의 기도

크리스마스에는 사소하게 하소서

화려한 불빛 아래 숨은 길고양이의 허기를 먼저 보게 하시고

타인의 슬픔 앞에서는

제 몸을 먼저 녹여 발치를 밝히는 뜨거운 촛농이 되게 하소서

크리스마스에는 투명하게 하소서

미움의 성에가 낀 마음의 창을 맨손으로 닦아

지나가는 바람의 안부까지

선명히 들여다보는 거울이 되게 하소서

크리스마스에는 느리게 하소서

세상의 시계가 자정의 축포를 향해 달려갈 때

홀로 멈춰 서서

잊혀진 이름들의 뒷모습을 오래도록 안아주게 하소서

마침내 당신이 오시는 길목에

나의 가장 낮은 자리를 내어드리오니

그곳이 세상에서 가장 따뜻한 구유가 되게 하소서

화살과 같은

저마다 화살표같이 열을 이뤄
기러기 떼 파도처럼 밀려오면
소년은 겨울이 왔음을 알았다

분주히 빈들과 늪을 드나들다
또다시 화살처럼 떠나들 가면
그 자리에 봄이 쑥쑥 자라났다

"녀석들 언제 오라 한들 오고
가지 말란들 아니 갔었는가"

어느새 반백 살의 그때 소년이
밀려왔다가 이내 돌아들 가는
화살 같은 기러기들이 그리워
언덕 위에 동그마니 다시 섰다

화살과 같은 세월에 떠밀려

돌아간 이들을 사무쳐하며…

겨울은 가을의 우수를 삼키며

가을이 머금은 우수(憂愁)가 눈처럼 쌓이는 밤

차가운 공기 속에 스며든 쓸쓸한 온기

낙엽이 떨어진 자리마다 겨울이 깃들고

빈 가지 끝에 매달린 바람이 나지막이 속삭인다

그렇게 가을은 겨울에게 자리를 내어 주고

슬픔을 삭이며 깊은 잠에 빠진다

모든 것이 얼어붙은 듯 고요한 세상

희미한 숨결만이 희망처럼 남는다

그리고 새벽 첫눈이 내리는 아침

겨울은 가을의 우수를 삼키며

새로운 시작을 알린다

얼었던 땅을 깨고 솟아날

새봄의 약속을 품고

무당벌레

햇살 속에 작고 붉은 등
햇살을 등에 지고
조용히 세상을 건넌다

떨림보다 가벼운 걸음이
꽃잎의 마음을 어루만지면
바람마저 고요히 멈춘다

한순간 날아오르는 작은 몸짓에
우리는 안다
세상은 여전히 아름답다는 것을

사랑해 본 사람은

까만 밤일지라도
솟구치는 사랑의 빛으로
하얗게 타오를 수 있다는 걸 안다
사랑해 본 사람은

환한 낮일지라도
내려앉는 가슴 철렁함으로
까만 세상이 될 수 있다는 걸 안다
사랑해 본 사람은

모든 것이 끝난 후에라도
다시 시작될 사랑을 믿기에
설렘의 두레박을 길어 올린다
사랑해 본 사람은

사람들은

너무나 잘 알고 있다

누구나

사랑을 하기에

사랑은 밀물처럼

사랑은 밀물처럼 소리 없이 다가와

내 깊은 마음의 해안을 적신다

메마른 갈증조차 모래밭에 스며들듯

온전한 숨결로 나를 채워

오랜 외로움의 흔적을 씻어내고

새하얀 조약돌처럼 반짝이는

기쁨을 내게 건넨다

사랑은 밀물처럼 온 세상을 품고

밤의 어둠을 헤치고 나아가

숨죽인 별들의 길목에 빛을 뿌린다

거친 파도 소리조차 두려움이 아닌

오히려 가슴 벅찬 노래가 되어

모든 불안을 잠재운다

사랑은 밀물처럼 거침없이 밀려와

오래도록 닫힌 마음의 문을 열어 젖히고

가장 여린 살결에 닿아

숨 막히는 감동을 전한다

결국 이 모든 것이 너였음을

너였기에 나는 다시 숨 쉬고

비로소 피어난다

꽃 한 송이의 용기

말 대신 꽃 하나 들어 본다

닫힌 입술 사이로 건넨 침묵의 손길

꽃잎마다 못다 핀 말들을 접어 넣고

향기는 이내 숨결이 되어 네게 닿겠지

실수할까 두려운 말들은 나서지 못해도

이 작은 꽃이 내 모든 용기가 되어 웃는다

혹시 네가 알아줄까?

아니 몰라줘도 괜찮다

꽃 한 송이에 담긴 마음은 이미 길을 찾았으니

꽃 한 송이의 용기

형제

'앎(知)'은 무엇인가!

또

'암(癌)'이란 무엇인가!

'ㄹ' 하나 더 가졌다고

한 놈은 귀한 대접을 받고

'ㄹ' 하나 덜 가졌다 하여

다른 한 놈은 늘 괴물 취급을 받는다

그러나 이 둘은

뒤늦게 깨우치면

돌이킬 수 없다는 닮음이 있다

외모만 다른

친형제인 것이다

비석치기

돌멩이 하나에 세상이 달아나던

햇살 고운 골목 어귀

비석이 쓰러질 때마다

아이들의 웃음은 하늘까지 번졌다

먼지 속에 튀던 그 환호성

저녁밥 짓는 연기마저

장난처럼 어깨에 얹히던 시절

우린 꿈보다 먼저 웃음을 배웠다

세월은 어느새 아이들을 흩어 놓고

남은 건 낡은 담벼락의 그림자뿐

비석 대신 세월이 무너져

골목은 적막만을 세워 두었다

허리 굽은 이마저 뜸해진 저 길

바람이 잠시 돌을 굴리면

그때의 함성은 메아리 되어

내 마음 깊숙이 다시 일어난다

사는 것은

사는 것은
내가 주연배우
맺었다 헤어지고
그냥 흘러가는 사람들조차 모두
나를 위한 엑스트라

산다는 것은
나를 위한 촬영 장소
아무데고 발길 닿고
잠시 머무르는 곳이라도 모두
내가 연기해야 할 영화 세트장

살아간다는 것은
나를 위한 카메라
우연히 스쳐 지나가고
마주치는 눈빛마다 모두

나를 담고 있는 영상

살아가고 있다는 것은

나를 위한 영화 대본

끊임없는 자연의 지저귐과

이따금의 신음소리마저 모두

내가 읊어야 할 대사

또 살아가고 있다는 것은

나를 위한 조명

닳지 않는 해와 달 그리고 별들의 향연과

외로운 뒷골목 가로등 불빛마저 모두

나를 비춰 주는 무지개

그래도 살아가고 있다는 것은

주인공을 위한 작가의 배려

무수한 번민 고통에 곪아 터져

가쁜 숨을 몰아 내쉬어도 결국

나를 위한 Never ending story

직거래

사랑은

유통 구조가

너무나 열악해서

중간 상인이

무리한 마진을 취하려 들면

어느새 감쪽같이

매물이 사라지고 맙니다

콩깍지도 쓰지 않은 채

성급히 투자했다가는

본전의 본전도

못 건지게 되지요

그래서 사랑은

직거래만 합니다

동

한밤중
갑자기 불을 켜면
어둠이 얼마나 놀랄까

그래서일까
행여 새벽이 놀랄까 봐

아침은
저리도 조심스레
불을 켜고 있나 보다

그대 향한 내 마음은

한없이 광대한 저 우주는
그대 향한 내 마음이기에
영원히 끝닿지 않으리오

한없이 타오르는 저 태양은
그대 향한 내 마음이기에
영원히 꺼지지 않으리오

한없이 푸르른 저 바다는
그대 향한 내 마음이기에
영원히 마르지 않으리오

한없이 듬직한 저 태산은
그대 향한 내 마음이기에
영원히 쓰러지지 않으리오

한없이 아름다운 저 꽃은

그대 향한 내 마음이기에

영원히 시들지 않으리오

한없이 달콤한 내 입맞춤은

그대 향한 내 마음이기에

영원히 떼지 않으리오

한없이 감미로운 내 노래는

그대 향한 내 마음이기에

영원히 멈추지 않으리오

수인(秀人)

거센 바람 성난 파도에 휩쓸려
이리저리 부딪히고 깨지다
바람과 모래가 어루만지며
달래주기를 수억만 번

이내
어느 곳 하나 모나지 않은 자태로
늙수그레한 해송(海松) 아래 앉아 있는
매끈한 수석(壽石)처럼

세상 풍파(風波)에
이리 치이고 저리 깨지다
그래도 견디고 뒹굴다 보면
어느 곳 하나 모나지 않은 모습으로
속세(俗世)에 우뚝 서 있는
초탈(超脫)의 인간이 될 수 있을까

다시 견디고 또 뒹굴다 보면

수마(水磨) 잘 된 해석(海石)처럼

인마(人磨) 기차게 된 반질반질한

수인(秀人)으로 다듬어질 수 있을까

만두

불행하게만 살아왔노라 한탄하지 말고

달콤하게만 살아왔노라 자만하지 마소

불행이란 쓰디쓴 재료와

행복이란 달디단 재료를 잘 버무려

슬픔의 짠 눈물로 간을 치고

환희의 향신료를 뿌려

분노의 매운 맛을 더해

시련과 좌절의 떫은맛으로 마지막 간을 잡아

얇게 편 삶의 피(皮)에 한 숟가락 크게 떠 넣고 오므려

뜨거운 열정으로 푹 쪄내면

비로소

인생이란 만두가 만들어지지

쓰기만 하고 달기만 한들 어디 맛이 있읍디까

인생이란 쓴맛 단맛 짠맛 매운맛 떫은맛들이

잘 어우러졌을 때 참맛이 나는 게지

살아가다 보니
쓴 인생만 있고
단 인생만 있는 것이 아니더이다

오늘이 고되고 슬프다 하여
또 내일이 마냥 행복하고 기쁘다 해서
결코 좌절하거나 자만하지 마소

인생이란 만두를 빚고 흙으로 돌아간
요리사들의 만두를 한 입 베어 물면
하나같이 그 맛이 기가 막히더이다
그 맛이 정녕 기똥차더이다

풀꽃의 미소

하찮다 여겼던 길가 풀꽃 하나
들여다보니 우주를 품었다

이슬방울 머금은 여린 잎새 위로
작은 무당벌레가 별처럼 반짝이고
어느새 제자리 찾아온 나비 한 쌍
날갯짓으로 세상을 물들인다

지나간 바람의 속삭임을 기억하고
다가올 햇살의 따스함 기다리는
겸허한 기다림의 미학

발길에 채여도 꺾이지 않는 강인함
흙 한 줌 물 한 방울에도 감사하며
말없이 피어나는 숭고한 생명

문득 고개 들어 바라본 하늘 아래

작디작은 몸으로 온 세상을 위로하는

풀꽃의 환한 미소

가장 낮은 곳에서 피어나는

가장 위대한 사랑의 노래

이름 모를 들꽃으로

나는 죽으면

이름 모를 들꽃으로 태어나고 싶다

찬란한 정원도

화려한 꽃말도 없이

그저 소박한 길가 한편

햇살 조금 바람 조금 머무는 곳이면 좋겠다

내 자식들이

어느 날 사랑하는 사람과

손을 꼭 잡고

그 아이의 아이와 함께

소풍처럼 나들이 나온 날

지나던 길가

작고 조용한 풀꽃 하나

혹시 잠시라도 눈길을 주었다면

나는 그걸로 충분하다

나는 바람과 친구하고
별과 눈인사하고
길고양이와 하루를 나누고
비 오는 날엔 조용히 잎을 씻으며
세상의 먼지를 들여다볼 것이다

이름이 없다는 건
누구든 내게 다가올 수 있다는 뜻

나는
아무 이름 없는 들꽃으로 피어
누군가의 짧은 숨 같은 하루에
가만히 피어 있었다는 것만으로
한없이 행복할 것이다

아가 밥 먹자

땅이 꺼지면

행여 바다가 솟을까

아무리 발을 동동 굴러도

엄마의 눈물만큼

바다는 되레 더 깊어만 갔다

거칠게 으르렁대는 못된 파도에

아빠는 가슴을 찢어 포효했지만

흙빛 칼날에 수없이 베이고 베여

그 울부짖음은 점점 쇠어져 갔다

북을 치고 불을 밝혀두면 찾아오려나

터져라 가슴을 치며

붉은 눈을 비춰 봐도

이기적인 어른들이 두려운 걸까

아가는 여전히

바다 깊이 숨어 있다

"바다야 바다야
잠들어 있는 우리 아가를 혹여 보거든
조심히 깨워 다독여
저들 품에 안겨 주렴
이렇게 무릎 꿇고 간곡히 비니 꼭!"

바람 잔인하게 매운
사월의 진도 팽목항
동백나무 우듬지마다
곪아터진 가슴들이
붉디붉은 눈물로 뚝, 뚝, 흘러내린다

쉼 없이 발을 구른다
땅이 꺼지며 점점 바다가 솟는다

"아가야 배고프지?
어여 와 밥 먹자…"

소주 한 잔 기울이고 싶습니다

어떤 이는
지나간 세월이
아름다웠다 합니다

또 어떤 이는
그 세월이
원망스러웠다 합니다

다른 이는
지나간 그 세월을
기억조차 못 한다 합니다

닿을 듯 닿지 않는 거리
언제나 한결같이
앞서만 가는 세월을

오늘은 간곡히 불러 세워

녹슨 난로에 조개탄 지글대는

허름한 선술집에 마주 앉아

아무 말 없이

그저

소주 한 잔 기울이고 싶습니다

사과

여의도 한복판에
사과 천 박스 들고 나가면 초대박이 난다네

왜냐고?
여의도엔 사과나무는커녕
"제가 잘못했습니다"란 열매도 통 안 열리더라고

사과는
껍질을 벗겨도 달콤하지만
말로 하는 사과는
껍질만 벗겨도 사람 마음을 풀어 주는데
거긴 껍질도 씨앗도 그림자도 안 보이더라

그래서 말이지
다음 선거철엔
사과 장수로 출마해 볼까 해

"이 사과는 먹는 사과

이 사과는 미안한 사과

두 개 다 드리겠습니다"

그러면 그날

여의도에 어쩌면

진짜 가을이 올지도 몰라

도시의 해녀

한 연인이
도시 한복판에서
말싸움을 하다가

남자가 붙잡은 핸드백을
여자가 확 내던지고
씩씩거리며 총총히 사라졌다

그날 이후
남자의 애타는 전화에
여자는 응답하지 않고 있다

다음 날
그다음 날에도
여자는 잠수를 탔다
도시의 해녀가 된 것이다

편의점 오작교

자정 무렵
자동문이 열리면서
남편이 들어온다

아내는 일어서고
남편이 앉으며
젓가락 하나
가만히 손에 쥐어 준다

하루에
딱 한 번
부부로 만나는 시간

편의점 불빛 아래
오늘도
오작교는 놓인다

국물용 멸치

나는 바다의 왕자였으나
이젠 냄비 속 작은 별
국물 맛 낼 뿐인 신세

깊은 바다를 누비던 날들은
그저 희미해진 꿈일 뿐이고
이젠 무심한 손길에 잡혀
뜨거운 물속에서 춤을 춘다

"우와 시원하다!" 소리 들으면
그나마 위안이 되지만
사실 난 맛만 내는 '조연'
주인공은 따로 있으니

그래도 괜찮아
국물 한 방울에 담긴 나의 생

비극 같아도 나는 멸치

끝까지 바다 냄새 품고 산다

복구

쟁반 위 물 컵이 엎질러졌다
쓰러진 그 컵을 고쳐 세우고
가만히 쟁반 모서리를 기울여
다시 컵에 조심스레 부었다

흩어졌었던 물이 고스란히
이내 컵 안에서 넘실하다
엎질러진 물도 의지에 따라
다시 주워 담을 수 있더라

거미

허공에 짓는 집

투명한 실타래로 우주의 가장자리를 엮는다

무심한 바람에도 끊어지지 않는 끈기

작은 심장 속에 깃든 거대한 세계

한 올의 희망으로

아침 이슬을 낚아채는

가장 조용하고 빛나는 건축가

포경

개체 수 감소
그리고 멸종

번쩍 정신 차린 사람들은
포경(捕鯨)을 법으로 금했다

그리하여 저 광활한 바다의 고래들은
평화로운 삶을 되찾았다

그러나 여전히
합법적 포경(包莖)이 성행하고 있다

연일 포경(包莖)으로 활발한
육지의 네모진 건물 안에서는
연약한 고래들이 포획되고 있다

그 고래들은 종이컵 안에서

오늘도

외로운 신음을 토하고 있다

우정

날이 새면
간밤에 홰 울음 요란했던 닭장에는
모가지만 없어진 사체가 있었다

"에이 거참 이거야 원"
아버지의 한숨 소리만큼
닭장 살은 더욱 견고해졌다

그날 점심나절에는
얼큰한 닭매운탕으로
다섯 식구의 입은 호강을 하였다

어찌된 영문인지
이튿날 점심나절에도 닭매운탕이
다섯 식구의 입을 호강시켰다

결국 웬만한 밤 짐승은

결코 뚫을 수 없을 만큼

닭장 살은 더더욱 굵고 세밀해져 갔다

숱한 겨울밤들이

꼬맹이들의 간절한 기도와

그 기도를 착실히 들어주는

밤 짐승의 우정으로 깊어 가고 있었다

"족제비야~

오늘밤에도 한번 더 다녀가 줘라

저 쪽 밑에 살을 우리가 살짝 벌려 놓았어"

명절

숟갈몽뎅이

젓갈몽뎅이

빗지락몽뎅이

다리몽뎅이

동명(同名)회에

몽뎅이들이 모였다

서로 다른 점들이 신기하여

밤새워 이야기꽃을 피운다

큰 놈

작은 놈

막내 놈

동혈(同血)회에

한 핏줄이 모였다

서로 같은 점들만 가득하여
멍하니 TV만 처다보고 있다

이따금
'밥 먹자'라는 소리에
화들짝 졸음에서 깬다

명절연휴는
그렇게
평화로이 흘러간다

호사(豪奢)

밥을 바친다

빨래를 해 준다

목욕 물을 받아 준다

TV 리모콘이 되어 준다

모이라면 모인다

노래하라면 노래한다

웃지 말라면 웃지 않는다

까라면 깐다

잠을 실컷 잔다

살이 오른다

무서울 것이 없다

걸어가는 길 감히 막을 자가 없다

빼곡한 일정

불치의 여야(與野) 쌈박질

잇단 비리들

골치 아픈 나라님

대통령도

꿈꾸지 못하는 호사들을

군(軍) 말년병장은

오늘도

한껏 누리고 있다

별

모든 이에게는
저마다의 별이 존재한다고 해
누군가는 사랑을
누군가는 상처를
하늘 위에 달아 두었지

어떤 별은
밤마다 환히 빛나며 길을 비추고
어떤 별은
구름 뒤에 숨어 울음을 참는다고 해

살아오면서
나는 나의 별과
단 한 번이라도 눈 맞춤을 했었을까?
어디쯤에서 그 작은 빛이 항상
나를 바라보고 있었을 텐데

나의 별 곁을 둘러보면

먼저 떠나간 소중한 별들이

어깨와 어깨를 맞대고

옹기종기 모여 있을 텐데

언제까지고 그 자리에 머물며

내 이름을 잊지 않은 채

그 별들이 있어

내 별도 외롭지 않다는 걸

나는 이제야 알게 되었어

별이란 멀리 있어도

가슴속 가장 가까운 곳에서

끝내 사라지지 않고

말없이 빛난다는 것을

거울

모를 내기 전 논배미들이
하나둘 물을 들이기 시작하면
죽산평야는 거대한 거울이 되어간다

논에 비치는
해가 둘
구름도 둘
어느 새 낮이 둘

손톱달이 둘
미리내도 둘
또
어느 새 밤이 둘

개밥바라기도 둘이나 되니
죽산리 명량부락 검둥이 녀석

섭섭한 여름

여긴 여름 마을
해는 일찍부터 일어나고
매미들은 하루 종일 떼창 연습 중
바닷가 아이들 웃음은
하늘 끝까지 튀어 오른다

우린 땀 흘리며 일하고
태양은 등을 다 내주고
수박은 속살까지 붉게 익었는데

사람들은 왜 자꾸
"너무 덥다"며 나를 미워할까?

"에어컨 고장 났어"
"밖에 나가기 싫어"
"여름 진짜 짜증 나"

햇살 한 줌 그늘 한 뼘 모기 몇 마리쯤은

그냥 여름의 조미료인데

아무도 몰라준다

그래도

나는 여름이니까

해가 길어 아이들이 오래 놀 수 있게 하고

밤하늘 별빛 더 반짝이게 지켜 줄 거야

섭섭해도

내가 물러가면

조금은 생각나겠지

그때쯤이면

누군가 이렇게 말할지도 몰라

"그래도 여름이 좀 그립다"

가을의 고백

다들 나만 오면
감성이니 낙엽이니
시 쓰고 노래 틀고
괜히 창밖을 보더라

그런 건 좋아 근데 말이야
왜 그렇게 다들 쓸쓸해지는 거니?

낙엽은 내가 일부러 떨어뜨린 게 아니고
바람은 그저 너희 마음을 건드린 것뿐인데

나는 그저
과일을 익히고 하늘을 깊게 만들고
햇살을 부드럽게 다려내고 있을 뿐인데

근데 자꾸들 이별을 하고 뒤돌아보고

"가을 타나 봐…" 하며 혼자 앉아 있더라

가끔은 사람들이 내 이름을 부를 때

그 목소리에 자꾸 눈물이 섞여 있는 것 같아

예쁘다고 좋다고 하면서도

늘 어딘가 아쉬워하는 계절

그게 바로 나야

봄의 한숨

음… 나?

예쁘다 사랑스럽다

너무 좋다

그런 말 많이 듣지

근데 말이야

정작 내가 오면

콧물 나고 눈 가렵다며

꽃보다 알레르기 먼저 떠올리는 거 알고 있거든?

괜히 설레게 해 놓고선

"봄 타나 봐…" 하며

울적해지기도 하고

게다가 난 늘 "잠깐"이야

금방 지나가니까

다들 바빠만지고
언제 갔냐며 허무해하더라

나는 늘 기억보다 짧고
그리움보다 연약한 계절이야

그래도
꽃 한 송이 피울 때
누가 웃어 주면
그걸로 괜찮아지는 바보 같은 나인걸

겨울의 속마음

이제 내 차례지?

나 오면 다들 문부터 꼭 닫아

"춥다 싫다 우울하다"

듣기 지겹지도 않아?

나는 그냥

조용히 세상을 하얗게 덮어 주고

잠시 모든 걸 쉬게 해 주고 싶을 뿐인데

사람들은 내가 오면

벌써 끝을 말해

"올해도 다 갔구나"

"시간이 너무 빠르다"

그 말들 안에

왠지 나를 탓하는 마음이 숨어 있어

근데 말이야

너희가 두 손 모아

첫눈 기다리는 거 내가 다 알거든

연탄불 냄새에 추억 젖고

귤 까먹으며 TV 보던 저녁

내가 있어야만 피어나는

그 따뜻한 순간들

사실은

나 꽤 따뜻한 계절이야

차가운 척할 뿐이지

새벽 비

바람의 선율에 맞춰

노래를 부르던 대숲 소리 잦아들고

무섭게 쏟아지던 처마 폭포

이젠 실오라기처럼 가늘어질 무렵

갑자기 짖어대는 누렁이의 문안인사에 눈을 떴다

비에 젖은 마당

숫을대문 넘어

개울가 안개가 하얗게 피어오르고

비질 안 된 마루 끝에서는

젖은 고무신이 조용히 숨을 골랐다

부뚜막 쪽에서

어머니가 땔감을 올리는 소리

잠결의 아버지 기침 한 번

방 안 가득 짚 내음 밴 아랫목의 따뜻한 포근함

대숲 너머

이른 닭 울음이 퍼지면

하늘도 슬며시 눈을 뜨고

이제 비는 그칠 채비를 하는 듯

창호지 틈으로 한 줄기 여명이 스며들었다

어릴 적

그 새벽 비 내리던 시골집은

이따금 마음을 적시는

오래된 노래처럼

조용히 나를 불러 주는

그리운 풍경으로 살아 있다

명당

청계산 중턱

나만 아는 자리에 앉아

가방 속에서 조심스레 꺼낸

작은 클래식 하나

모차르트가 숲에 흘러들고

바람은 음악을 배웅하듯

잎사귀 사이를 조용히 지나간다

사과 하나 베어 물자

달콤한 소리와 함께

하늘까지 맑아지고

그 순간 왜일까?

눈물이 흘렀다

아무것도 두렵지 않고

아무도 원망하지 않던 시간
경계심 많던 산새들도
이제는
두어 발짝쯤 가까이 다가온다

그날
세상에서 가장 가벼운 마음으로
가장 무거운 것을
잠시 내려놓았었다

바람 빛 음악 사과 한 입
그리고 나
모든 것이 그 자리에
딱 좋게 머물렀다

전설의 고향

대감마님은 오늘도

하필 또 야심한 밤에

재 너머 이웃 마을 김 대감에게

전해 주고 오라며

서신을 휙~ 마당쇠에게 던져 준다

종종걸음으로 노송 밭을 지날 때면

백여우가 그냥 나와도 될 일을

굳이 치렁한 흰 소복을 입고

힘들게 공중제비를 돌며 등장한다

마당쇠는 오늘 간을 파 먹히고

123회에는 호랑이에게 찢겨 죽고

172회에는 구렁이에게 통째로 삼켜지고

187회에는 귀신에게 쫓기다

그만 천길 낭떠러지 아래로 사라진다

그러다 200회쯤 되면
다시 태연하게 마당을 쓸고 있다

대감마님은 여전히 밤마다 심부름을 시키고
백여우는 또 힘들게 공중제비를 돈다

도대체 이 마당쇠
불사조란 말인가!
그가 진정 《전설의 고향》

바람의 색

바람에도 색이 있을까?
추운 날엔 회색
더운 날엔 오렌지 빛

기쁜 날엔
노란 스카프처럼 가볍고
슬픈 날엔
창문 너머로 흘러드는 잿빛 한숨

그리운 날엔
말도 못 꺼낸 이름이
등 뒤를 스치듯 지나간다

밤이면
어둠 속에서 색을 잃는다지만
가끔은 보이지 않아 더 또렷한 것도 있다

바람의 색

아무 말 없이

창가를 건너간

오늘 저 바람

그건 분명

너

였

다

종신형

사랑이 죄인 것 같아서
나는 자백했어
증거도 많고
잡히고 싶었거든

너라는 재판정에 선 그날
너는 말했지
"선고하겠습니다 종신형"

순간
모든 소음이 사라지고
너만 보였어
형벌치고는 아름다웠어

도망칠 수 있었어
많은 밤이 열려 있었고

문틈 사이로 다른 온기도 스쳤지만

나는
끝까지 수감되기로 했다
네가 내린 형벌이라면
그건 벌이 아니라 삶이니까

지금도 복역 중이야
어쩌면 기꺼이 평생을
너라는 이름으로 살아가겠지

땅이 웃다

땅이 웃는다
꽃 피워 놓고 시치미 떼며
"내가 뭐 어쨌다고?" 하는 얼굴로
길가에 환하게 웃고 있다

그런데 우리는
또 바쁘단다
뭐가 그리 급한지
아침에 눈뜨자마자
계획표를 씹어 믹고 뛰어간다

앞만 보며 걷다가
돌부리에 걸려 넘어진다
그제야 땅이 말을 건다
"그러게 좀 잘 보지 이 멍청아"

땅이 웃다

무릎은 조금 까졌지만

그 옆에 조막만 한 꽃이 피어 있다

사실 그 꽃

처음부터 거기 있었다

가끔은

앞만 보지 말고

삐딱하게도 좀 걷고

쓸데없는 말도 좀 하고

천천히 좀 살아라

땅이 또 피식 웃는다

오랜만입니다

오랜만에 몸을 실은
병점행 1호선
한결같이 무표정한 사람들의
메마른 적막을 깨고
한 노인이 입을 엽니다

'에~ 이 부채로 말씀 드릴 것 같으면…'

몇 해 전 출근길에
참 많이도 뵈었던 노인입니다

'어르신 참으로 오랜만입니다'
'어르신 단골이었는데 그간 안녕하셨는지요?'

천 원짜리 한 장 꺼내 밀며
마음속으로 말을 건네 봅니다

'네 고맙습니다 또 필요한 분 없으십니까?'

부채 하나 쥐어 주고

눈길 한 번 주질 않고

노인은 다음 칸으로

걸음을 재촉합니다

열차 안은

다시 적막이 밀려옵니다

여름 장미

오월 꽃들이 앞다투어 피어날 때
나는 조용히 눈을 감았다
빛도 바람도 충분했지만
그의 숨결만은 닿지 않았기에

기다림은 한 겹씩 속을 채웠고
내 봉오리는 그리움으로 무거워졌다

한 계절 늦어 마침내 그가 왔을 때
나는 참았던 모든 붉음을
한번에 터뜨렸다

늦게 피었다고 사람들은 수군대지만
그들은 모른다
이 꽃은 누군가를 기다린 끝에야
비로소 피어났다는 것을

이 붉음은

잊히는 걸 끝끝내 거부한 마음이

마지막으로 세상에 남긴

눈물 같은 사랑이라는 것을

자랑

“서울 창경원에는

니네 아버지보다 열 배는 큰 코끼리가 있고

타잔에 나오는 침팬지는 귀엽기는커녕

눈빛만으로도 사람들을 얼게 해“

“서울 사람들은

높이 쌓은 집들 속에 나란히 살고

목욕탕은 논바닥만큼 넓고

바나나는 원하면 언제든 꺼내 먹을 수 있어”

“와~ 정말… 그래?”

서울 다녀온 아이의 말은

햇살보다 먼저 골목을 들뜨게 했고

아이들은 숨죽여 그 말을 들으며

눈앞에 없는 세상을 떠올렸다

그 아이는 마치

도시의 바람을 묻혀 온 사절처럼

조금은 멀고 조금은 반짝이며

한동안

서울사람 노릇을 톡톡히 했다

천생연분

전생에 내가

뭘 얼마나 잘못했는지 모르겠지만

그 죄 값이 꽤 컸던 모양이오

당신이 내 반려자로 오신 걸 보니

현생엔 참

하루도 조용할 날이 없네요

잔소리는 업보처럼 끊이질 않고

잔고는 왜 늘 비어 있는지

이쯤 되면

후생에선 당신 차례 아닐까요?

아침밥도 차려주고 등도 긁어 주고

"여보" 하면 벌떡벌떡 일어나고

그리하여 우리는

삼생을 돌고 돌아

서로를 골고루 괴롭히며

기어이 천생연분이 되어가겠지요

마우스

아침이 밝아옵니다
부지런한 이들은
어둠이 걷히기도 전
가차 없는 손길을 내립니다

새벽부터 시작된 채찍질은
해가 저문 뒤에도 멈추지 않고
쉼 없이 쉼 없이
고요한 학대처럼 이어집니다

지칠 대로 지친 몸
눌리고 문질러져
피고름 말라 굳은 살점은
더는 곧게 펴지 못하고
작게 둥근 채
잠시 숨을 고릅니다

차라리 올빼미의 매서운 눈빛이
아니
솔개의 발톱이 더 낫겠습니다

드넓던 들판의 바람
소박한 햇살의 온기
그 시절이
눈물 나게 그립습니다

그리고 다시 아침
변함없이 부지런한 이들은
오늘도
익숙한 고문을 시작합니다

click… click…
click… click…

무지개 따라

비가 그치면

하늘 끝에 알록달록 무지개가 걸렸어요

나는 신발도 벗고 풀잎을 밟으며 달려갔지요

손으로 꼭 잡으면

그 예쁜 빛이 내 것이 될 줄 알았거든요

가방에 넣어 친구들에게 자랑하고 싶었죠

그런데 이상하게도

다가가면 다가갈수록

무지개는 살금살금 도망쳤어요

조금 더 조금 더 가면 잡힐 것 같았는데

결국엔 사르르 녹아 하늘 속으로 사라졌지요

어른들이 그러셨어요

욕심은 꽃의 향기를 꺾고

애착은 새의 날개를 묶는다고요

정말 그런 것 같아요

손을 꼭 쥐면 오히려 빠져나가 버리고

내 거라고 우기면 마음에 멍만 남기도 해요

이제는 알 것 같아요

무지개처럼 예쁜 것들은

붙잡기보단 가만히 바라봐 줄 때

더 오래오래 곁에 머무른다는 것을요

그래서 이제는 무지개가 뜨면

그냥 조용히 웃으며 바라봐요

"참 예쁘다" 하고 말이에요

내려다보는 마음

지천명 즈음부터
고개가 자꾸 내려간다
하늘보다 땅이
더 많은 말을 걸어오기 시작했다

아침 햇살이 번지는 골목길
내 발 아래 작은 생명들이
분주히 하루를 살아가는 걸 본다
개미 한 마리 돌멩이 하나
짓밟을까 조심스러워
걸음은 느려지고 숨결은 깊어진다

문득 오래전 할머니 생각이 난다
지팡이 짚고
땅만 보며 옮기던 그 한 걸음 한 걸음
그저 노쇠함의 표정인 줄만 알았는데

그 시선엔 삶의 무게와

존중이 깃들어 있었음을 이제야 조금은 알겠다

하늘은 여전히 푸르지만

오늘도 땅을 보며 걸음을 옮긴다

내가 지나간 자리에

상처 하나 남기지 않으려는 마음으로

커피 한 잔의 위로

커피 한 잔에도

위로가 숨어 있어요

묵묵히 내 앞에 놓인

따뜻한 온기 하나가

아무 말 없이 마음을 감싸안죠

바쁘게 흘러가던 하루 속

잠깐 멈춰 앉은 그 순간

향긋한 숨결이 속삭이듯 말합니다

"지금 이대로도 괜찮아"

쓴맛도

단맛도

천천히 삼켜보면

모두 당신을 닮은 시간들이죠

손끝에 닿는 잔의 온도가

식어갈수록 알게 돼요

작은 것도 누군가에겐

조용한 위로가 된다는 걸

오늘 당신 마음 어딘가에

따뜻한 커피 한 잔만큼의

평온이 머물기를 바랍니다

괜히 슬픈 날에는

괜히 슬픈 날에는

햇살 아래에 잠시 멈춰 봐요

말없이 등을 토닥이는

빛의 손길이 있거든요

울지 말라고

다 괜찮아질 거라고

바람은 조용히 속삭이고

햇살은 조용히 안아 줍니다

눈물이 마를 때까지

그 자리에 가만히 있어도 좋아요

세상은 가끔 그렇게

따뜻하게 기다려 주기도 하거든요

괜히 슬픈 날에는

지천명

어제의 서툰 발걸음이
벌써 반백의 그림자를 밟고 있다

세월은 내 주머니 속 시계 알을
슬쩍슬쩍 훔쳐 가더니
이제 남은 건
더 단단해진 맥박과
덜 조급해진 숨결뿐

앞으로의 날들은
남은 페이지가 아니라
새로 꺼내는 흰 종이일 테니
나는 오늘도 다음 문장을
신나게 적어 넣는다

괜찮아

천천히 가도 괜찮아요

조금 늦어도

조금 헤매도

멈추지 않으면 되니까요

남들보다 느린 걸음이

당신을 더 부족하게 만들진 않아요

꽃은 제때에 피고

바람도 제 길을 따라 부니까요

넘어지는 날엔

잠시 앉아 하늘을 봐도 좋아요

괜찮다고 말해 주는 구름도

용기 내는 당신을 지켜보는 햇살도 있거든요

지금 이 순간도

당신은 가고 있어요

보이지 않아도

느릿한 발끝이 세상을 딛고 있으니까요

그러니 조급해 마세요

삶은 마라톤이 아니라

당신만의 리듬으로

걸어가는 긴 여정이잖아요

사랑이란 녀석

사랑은 말이지
밥 한 숟갈 덜어 주면
두 숟갈이 되어 돌아오는
기이한 녀석이야

귓속말 한 줄 건넸더니
마음속에 오케스트라가 울리고
빵 반 쪽 떼어 줬더니
네 입꼬리랑 내 입꼬리가
같이 올라가더라

"많이 주면 고갈 나는 거 아냐?"
걱정하지 마
사랑은 정수기야
누르면 또 나오고
기분 좋으면 따뜻하게 나와

주고 또 줘도

텅 비지 않고

오히려 통통하게 살이 붙는 사랑

나눠야 진짜 내 것이 되는

세상 제일 유쾌한 투자지

그러니 오늘도

말랑말랑한 마음 한 조각

아낌없이 내놓자

이득이야 무조건

새로운 길

길 잃은 밤
어둠 속에 서서
두려움에 떨던 그 순간
비로소 알게 된다

아무도 가 보지 않은 길이
나를 기다리고 있다는 걸
헤매고 넘어지고 멈추어도
그 모든 시간이
내 안에 새 길을 틔워내는 씨앗임을

낯선 바람과 낯선 별빛 아래서
내 마음이 조금씩 열리고
내 발걸음이 다시 힘을 얻는다

길을 잃는다는 것은

끝이 아니라 시작이다

잃어야 찾고 넘어져야 일어서듯

새로운 길은

그 어둠 속에서

가장 선명하게 빛나니까

행복의 시작

삶은 늘 바쁘게
손가락 사이로 흐르는 모래처럼
쉼 없이 달려가지만

행복은
그 바쁜 발걸음을 멈추고
숨을 고르는 그 찰나에
살며시 다가와 손끝을 스친다

바람 한 점 느끼고
햇살 한 줌 품는 시간
말없이 눈을 감은 그 순간에
우리는 가장 가까운 행복을 만난다

그래서 가끔은
달리기를 멈추고

조용히 서 있어도 괜찮다

멈춤이야말로

행복의 시작임을

너는 소중해

소중한 사람에게
소중하다고 말할 수 있을 때
그 마음 꼭 전해 보자

말하지 않으면
바람에 흩어지고
시간 속에 묻혀 버리니까

눈빛으로 손끝으로도
느낄 수 있지만
그 한마디가 주는 힘은
결코 작지 않으니까

어쩌면 내일은
그 말을 전할 수 없는 순간일지도 몰라

너는 소중해

그러니 지금

조심스레 가슴을 열고 진심을 담아

"너는 정말 소중해"라고 말하자

그 말이 서로의 마음을

따뜻하게 감싸 안을 테니까

파지 줍는 노파

낡은 손바닥 위에
고단한 하루가 쌓인다
비에 젖은 골목길 모퉁이
바스락거리는 파지 더미 사이로
하늘빛 희망 하나 주워 올리듯

허리 굽은 어깨엔
세월의 무게가 늘어졌고
주름살마다 스민 눈물 자국은
말없이 지나가는 사람들 가슴에
잔잔한 파문을 남긴다

"이것도 혹시 버리는 건가요?"
떨리는 목소리에 담긴 간절함은
한 줌의 가치를 놓치지 않으려는
살아 있음의 절박함

어느새 어둠은 빨간 등불을 밝히고

버려진 종잇조각은 그녀의 손끝에서

새로운 이야기가 된다

가난한 시선 속에서도 빛나는 존엄

누구도 모르는 그 작은 연꽃이여

파지 속에서 피어난 삶의 노래여

저문 거리를 헤매는 그 손끝이여

부서진 꿈 조각을 이어 붙이며

오늘도 묵묵히 희망을 줍는

저 노파의 마음이여

『소년이 온다』를 읽고

피 한 방울 묻히지 않은 손으로
피 묻은 거리를 뛰어다닌다
무엇을 살리기 위해서였을까
그 어린 발걸음이 향하던 곳은
언제나 죽음의 그림자였다

눈빛은 아직 초여름 하늘인데
그 하늘 아래
소년은 아무도 모르게
울음을 삼켰다

중3 막 교복에 익숙해질 무렵
사랑이 무엇인지
세상이 왜 저토록 잔인한지
아직 묻지도 못한 채

너무 일찍 어른이 된

그러나 끝내 어른이 될 수 없었던

그 한 사람 그 동호

아니 수많은 동호들

네가 마지막 본 세상은

총성 피 절규

그리고

너를 간절히 부르던 친구의 떨리던 손끝

꽃 한 송이 놓을 수 없는 자리에서

우리는 너무 늦게 너를 부른다

동호야 미안하다

동호야 잊지 않을게

강아지풀 하나

보도블록 틈
껌 자국 옆
강아지풀 간신히 하나

"내가 원했던 자리 아녜요"
말하듯 바들바들
실바람에 몸을 흔들고 있었지

햇볕은 겨우겨우
물기는 운 좋은 날에만
사람들 발밑에서
꿋꿋이 살아남은 너

그 모습이 어쩌나
기특하고 예쁘던지
나는 조심스레

네 머리를 쓸어 주었어

"얘야

니가 여기에 뿌리 내린 것도

참 인연이다 그치?"

그러자 너는

살짝 더 흔들렸지

마치 웃는 것처럼

노을

하루가 저문다는 건

끝이 아니라

온전히 살았다는 축제

노을은 늘

하늘 끝을 지우고

내 마음에 붉은 파편을 남긴다

삶이란 어쩌면

해가 기울 듯

천천히 물드는 일

뜨겁던 순간들은

붉고 투명한 빛이 되어

후회와 기쁨 사이를 춤추고

그 빛 아래서 나는 깨닫는다
아름다움은
사라지는 찰나에 깃들어 있음을

저물녘 하늘이 눈부신 건
그 마지막 빛이
가장 선명하기 때문

나도 오늘을
찬란히 불태우고
내일의 태양을 기다린다

쉼표 하나,

끝없이 이어진 발걸음 속에서
숨 가쁜 하루가 목덜미를 조일 때
작은 쉼표 하나 마음에 새겨 보라
고단함도 잠시 숨 고를 틈을 얻는다

쉼표는 멈춤이 아니라
다음 문장을 위한 부드러운 숨결
지난 아픈 기억도 다독이며
희망의 문장을 준비하게 한다

눈 감고 귀 기울이면
귓가에 맴도는 바람의 속삭임
"괜찮아 조금 쉬어도 돼"
그 말이 울림이 되어 차오른다

쉼표 하나 찍고 나면

비로소 선명해지는 발자취

한 걸음 더 나아갈 용기와

사랑으로 가득 찬 다음 구절을 만난다

퇴근 길

하루의 무게를 어깨에 내려놓고

골목을 따라 천천히 걷는다

지는 햇살이 건물 벽에 기대어

나보다 먼저 집으로 가고 있었다

빨갛게 물든 신호등 아래

누군가는 약속을 기다리고

편의점 앞 캔 맥주 하나에

오늘을 위로하는 숨결도 있다

가방끈처럼 늘어진 피로 속에도

어느새 바람은 시원하고

가로등 불빛 아래 꽃집 앞을 지나면

작은 향기 하나가 나를 붙든다

사람들은 모두 각자의 속도로

하루를 떠밀듯 살아가지만

이 길 위 발걸음을 늦추는 나에게

세상은 잠시 다정해진다

오늘도 버텨낸 나를 향해

노을이 조용히 등을 두드린다

"수고했어요"

그 한마디 없이도 충분한 퇴근 길

낙화

흩날린 꽃잎 하나

너의 미소를 안고 떨어진다

짧은 이별의 바람결 속에

우리의 속삭임은 여전히 맴돌아

손끝에 맺힌 기억이

아직 따스하게 뛰고 있기에

잠시 닿지 못해도

너와 나의 심장은 같은 리듬

떨어진 꽃잎이 땅에 닿기 전

우린 다시 마주할 날을 약속하리라

그날 새로 피어날 봄빛 아래

우리의 이야기는 또다시 시작될 테니

우리의 이야기는 또다시 시작될 테니

사랑은 전해질 테니

겨울 가을 여름 봄

계절이 거꾸로 흐르지 않듯

되돌아오지 않는 무심한 바람처럼

시간도 오직 앞으로만 흘러간다

사람의 얼굴에도 계절이 있다

웃음이 쌓여 생긴 주름은 기억의 지도

젊음과 늙음이 섞이는 자리에서

우리는 지난날들의 온기를 끌어안는다

되돌릴 수 없음이 슬픔이라면

그 사실 속에 깊은 품격도 있다

흐름을 어쩌지 못할 때 비로소 보이는 것들

사소한 손길 누군가의 이름 작게 맺힌 감사

그러니 오늘의 햇빛을 저버리지 말자

지난 계절들에게 인사하고 손을 잡자

시간은 거꾸로 흐르지 않아도

사랑은 다음 계절에 그대로 전해질 테니

젊은 날의 나에게

파란 꿈을 꾸던 날
세상은 온통 너의 것이었지
두려움 없이 달려가던
그 찬란한 시간

넘어지고 부딪히며
온몸에 새겨진 상처들
그것 또한 너의 용기였으니
아름다운 훈장이 되었네

가슴 뛰는 젊은 날의 나에게
고맙다 사랑한다 말해 주렴
결국 너의 모든 날들이
지금의 나를 만들었으니

그때의 너에게 건네는 이 한마디

'부디 후회 없이 마음껏 빛나렴'

가장 아름다운 시절의 너를

영원히 기억할게

'부디 후회 없이 마음껏 빛나렴'

가장 아름다운 시절의 너를

영원히 기억할게

사금파리

고요한 산기슭 풀섶 아래 묻힌
한 조각 사금파리 세상의 빛을 잃었네
비바람에 닳아가며 오랜 세월을 견뎌낸
그 침묵 그 고독 속에 시간은 쌓였도다

한때는 눈부신 영광 찬란한 꿈들을
깨어진 조각은 여전히 기억에 품고
희미한 광채로 속삭이며
잊혀진 이야기의 심장을 두드린다

아무도 찾지 않는 자리에서
산새들의 노래만 벗 되어 흐르지만
저 붉은 노을빛 아래 반짝이는 작은 파편이여
너는 쓰러지지 않은 생명의 증언이리라

그대 결코 사라지지 않으리

흙 속에 스며든 뿌리처럼

다시 태어날 빛의 날을 기다리며

온 세상에 눈부신 감동으로 솟아오르리라

자물쇠

나도 열리고 싶다

사랑이 만든 투명한 창문 속

햇살이 부드럽게 스며드는 그 세상

그곳에서 나의 숨이 꽃처럼 피어나길

내 마음은 오래 닫힌 방

빛을 그리워하며 스스로를 감춘 채

낡은 문고리만 덜컥거리며

문틈 사이로 먼지만 오가는 곳

나를 열 열쇠는 어디에 있나

사람들의 웃음 속일까

아니면 한마디 따뜻한 이름 부름 속에

감춰진 반짝이는 쇠붙이일까

나는 오늘도 손바닥 위에

수많은 상상의 열쇠를 올려놓고

하나씩 하나씩

내 심장의 문에 맞춰 본다

장독 위 빗물

장독 뚜껑 위
속삭이듯 모인 빗물
아까 내린 여우비의 기억을 담고
잠시 세상을 비추는 거울이 된다

하늘이 기울어
빛 한 줌 스며들면
작은 물방울 안에
하늘 빛 잎새 하나 구름 한 조각

손끝으로 흔들어 보면
가느다란 울림이 둥글게 퍼지고
마른 장독 냄새 사이로
시간이 조용히 숨을 고른다

장독 위 빗물

편지

하얀 종이 위에
마음 한 숟갈 퍼 담아
살짝 접어
봉투에 넣었다

우표 하나 붙이고
바람에게 맡기니
그새 날아가
네 창가에 앉았다

네가 봉투를 열 때
종이 속 글자들이
살아나 속삭일 거야

"나 너를 참 많이 그리워한다"

산처럼 살고 싶다

바람이 와도 흔들리지 않고

침묵으로도 말할 수 있는

깊은 품을 지닌 산처럼 살고 싶다

햇살이면 다정히 맞아 주고

비바람이면 묵묵히 감싸 안으며

시간의 무게마저 품는 산처럼 살고 싶다

누군가 지쳐 기대어 올 때

말없이 길을 내어 주는

푸른 그늘의 산처럼 살고 싶다

저녁이 오면 노을을 품어

하루를 곱게 물들이고

별빛과 함께 숨 쉬는

산
　처
　　럼

　　살고 싶다

저문 강물에 띄운 편지

어둠이 내려앉은 저문 강물 위에

하얀 종이배 하나 띄워 보낸다

그 위엔 차마 다하지 못한 이야기

그리움 가득 담긴 나의 마음이

강물 따라 멀리 흘러간다

강물은 나의 눈물처럼 흐르고

밤하늘의 별은 나의 한숨처럼 반짝인다

종이배에 실린 나의 진심이

닿고 싶은 당신에게 닿기를

간절히 바라며 기도한다

어둠 속에서 길을 잃지 않도록

달빛이 길잡이가 되어 주기를

차가운 강물에 젖지 않도록

따뜻한 바람이 불어 주기를

소리 없이 흐르는 강물아 부탁해

종이배는 언젠가 당신에게 닿아
숨죽이며 흐느꼈던 나의 마음을 전하리
그때 당신도 나처럼
강가에 서서 엷은 미소 지으며
나를 불러주기를

영원한 아마추어

세상에 던져진 우리
서툰 발걸음으로 나아가는
영원한 아마추어들
넘어지고 부딪히는 모든 순간이
처음 겪는 오늘이니

완벽을 꿈꾸지 않는 삶
오직 한 번뿐인 연습 없는 무대
그래서 우리의 눈빛은 늘 낯설고
손끝은 떨려오는가

그대와 나의 삐뚤빼뚤한 그림
세상 가장 아름다운 서투름이라
서로의 실수를 감싸 안아 주며
우리는 비로소 온전해지리니

그리하여 이 길을 걷는 모든 이들에게

따스한 포옹을 건네는 것은

서로가 서로에게 보내는 위로

우리는 모두 처음이니까

시인의 마을

시인의 마을로 가려고
택시 아저씨께 물었더니
"시인의 마을요? 그런 곳은 없는데요?"
내비게이션에도 안 나오는 미지의 마을

하지만 알고 보니
그곳은 바로 내 마음속에 있었어
삭막한 사무실 꽉 막힌 도로
일상 속 작은 감정들이
모두 시가 되는 마법의 마을

오늘도 나는
지하철 안에서 시를 짓고
커피 한 잔에 감동하며
시인의 마을에서 살아간다
우리 모두가 바로 시인이지

아 택시비는 시로 내야 하나?

짝사랑

멀리서 바라보았던
네 웃음 한 조각에
내 하루가 물들었고

말 한마디 못 건네도
가슴은 내내
너를 부르고 있었다

한 장 꽃잎 되어

한 장 꽃잎 되어
바람에 실려 간다면

나는
당신 창가에 내려
아침을 깨우는
첫 향기가 되고 싶습니다

까치

여명 빛 하늘
첫 울음 터뜨린 까치
희망을 물고
우리 집 처마에 앉았다

오늘은
구름 한 점 없는 맑은 하늘처럼
행운도 소리 없이 스며드리라
그리움마저 선물인 듯이

사마귀

숲속 사마귀는 팔이 길어
전사처럼 적을 낚아채고

내 몸 사마귀는 팔이 짧아
그저 놀림감 한 몸 치레

하나는 사냥꾼
하나는 코미디언
둘 다 '사마귀'라 불리니 웃음만 난다

친구

내 마눌님보다
훨씬 먼저

내 붕알을
보아 온 녀석

하루살이

아침에 태어나
저녁에 떠나며
"인생 하루면 충분해"
웃고 간 철학자

목련

하얀 치마 입고
봄바람 맞으며
"내가 오늘 제일 예쁘지?"
고개 든 아가씨

햇살이 부끄러워
살짝 고개 숙이니
꽃잎 사이로
봄이 웃었다

모기

귀 옆에서
은밀히 바이올린 켜는
한밤중의 음악가

사람들의 박수는
앙코르가 아니라
어쩌면
그의 마지막 무대

그대라는 꽃

내 마음 한편에

그대 향한 그리움을 뿌려 놓고

가꾸고 또 가꾸면

그대

어떤 고운 빛 어떤 향기로운 꽃으로

내게 피어나 주실런지요!

반딧불이

작은 등이 켜지니

숲이 별빛을 빌려왔다

잠시 스친 불씨 하나

밤은 더 깊어 반짝인다

풀잎 위 반딧불

지구가 몰래 킨 손전등 같다

모과

마당 끝 나무가
가을 햇빛에 울퉁불퉁 웃음을 걸고 있다

향기는 달콤한데
맛은 혀끝에서 늘 떫은 장난을 친다

시간만이 설탕을 풀어
차 한 잔의 봄으로 바꾸어 놓는다

여명

밤새 얼어붙은

침묵의 뼈를 깎아

하늘은 가장 예리한 금을 긋는다

그 붉은 틈새로

말간 눈동자 하나

지상의 모든 그림자를

단숨에 삼켜 버린다

해바라기

어제도 오늘도 내일도

한곳만 바라보는

너의 일편단심

네가 바라보는 곳에

사랑이 있다는 것을

온몸으로 말하는

침묵의 언어

끝내 고개를 숙여도

너의 마음은

항상 태양을 향해 있다

천둥

하늘이 한 번 기침을 하자
땅은 놀란 심장처럼 떨린다

번개가 할퀴고 간 자리에
웅성이며 밤을 흔들어 깨운다

상사화

푸른 잎 이미 사라지고
연분홍 꽃 홀로 피어나
그리움만 가득한 자리
서로를 향한 마음은 깊은데
스치지 못하는 인연처럼
하염없이 바라만 본다

잎은 꽃을 기다리고
꽃은 잎을 기다리다
계절이 엇갈려 버렸다
한 하늘 아래 있어도
만날 수 없는 운명
차마 이루지 못할 사랑아

꽃과 잎이 함께였더라면
세상 그 어떤 사랑보다

상사화

더욱 아름다웠을까!

나 홀로 피고 지는 이 슬픔

아름다운 그리움으로

가슴에 절절히 간직하리라

구절초

어머니의 손길 닮은

하얀 구절초 한 송이

비바람에도 꿋꿋이 서서

작은 뿌리 깊이 내려

세상의 무게 감싸안고

조용히 피어 있는 마음

햇살 가득 머금은 하루

그 향기 따라 걷는 길섶에

어머니의 사랑이 스며든다

나팔꽃

땅이 밤의 심장 소리를 들으려

목을 길게 늘인

푸른 귀

밤마다 별빛으로 가득 찬

은밀한 이야기를 전해 듣는다

나무의 여름

사람들은
겨울이라 옷깃을 꼭 여미는데
나무들은
이제야 여름인가 봐

실오라기 몇 올만 걸치고
저리도 시원히
훌렁 벗어 던진 걸 보면

꿈

밤사이 품에 안은 이야기

아침이면 흔적도 없이 사라져

베개만 멍하니 나를 바라본다

혹시 마음 약한 밤이

욕심 많은 아침에게

빼앗긴 건 아닐까?

그래도 괜찮아

어쩌면 그 대가로

새로운 하루가 배달되는 것이니까

달맞이

주머니 속 동전만큼 작은 소원 하나

달에게 또르르 굴려 보내는 밤

달빛이 살포시 품어 준다

바람이 휘익 쓸어가도 괜찮아

달은 꼭 기억해 주리라 약속하니

내 밤이 더욱 반짝거린다

희망은

희망은

책장 속 접힌 종이배

물웅덩이 하나면 바다도 될 수 있다

희망은

포스트잇 한 장

눈에 보이게 붙여 두면 잊지 않는다

희망은

오래된 양말의 구멍 하나

그 속으로 발은 더 단단히 들어간다

먹이사슬

아내가

남편을 달달 볶아 먹는다

그런 무시무시한 사람을

새끼들이 또

쪽쪽 빨아 먹고 있다

먹이사슬

닭

어둠의 모서리

세상의 묵은 시간을

한 입에 삼킨 작은 목

긴 침묵의 목젖을 열어

날카로운 선 하나를 허공에 그으면

밤과 낮이 비로소 그 경계 위에서 태어난다

매일 새벽

이 세계의 첫 문장을 쓰는

고독한 작가

등대

외딴 바다 끝에서

어둠을 밝히는 등불처럼

그대와 나의 사랑은

길 잃은 배에게

희망이 되는 빛이었습니다

폭풍우 몰아치는 밤

흔들리지 않는 등대처럼

우리의 사랑은

서로를 지키는

견고한 믿음이었습니다

밤바다를 가로질러

먼 곳까지 닿는 빛처럼

그대에게 전하고 싶은 마음은

영원히 빛나는

그대만의 별이 되어

항상 길을 밝혀 주겠습니다

세 잎 클로버

햇살 머금은 초록빛 얼굴들
지천에 핀 세 잎 클로버는
오늘도 소박한 미소로
발걸음마다 행복을 건넨다

모두가 쫓는 네 잎의 꿈
손안에 잡힐 듯 아른거려
작은 풀밭을 헤매는 동안
곁에 있는 행복을 놓친다

행운을 찾아 떠난 길 끝에
문득 고개를 들어 보니
세 잎 클로버 한 무리
피어난 자리에 행복이 가득

진정한 행운이란

멀리서 빛나는 보석이 아니라

가까이 있는 행복을

소중히 여기는 마음이 아닐까!

매미

칠 년을

어둠 속에 묻혀 있다가

일주일

울기 위해 나왔다

나는 지금

내 생의 전부를

노래하고 있다

짧다고 말하지 마라

이보다 뜨거운 삶이

또 있을까!

충신

대쪽처럼 곧은 성품
불의와 타협치 않는 강직함
거칠 것 없이 돌진하여
적장의 목을 단칼에 베어
권좌를 수없이 갈아치웠었지

지키지 못할 공약들로
갈대 같은 백성의 마음을
조삼모사 혼탁 시키는
저 나랏밥 잡수시는 분들에게
내 오늘 그대를 보내고 싶다

변치 않는 충직함으로
난국(亂國)에 일침을 가해다오

"車장 받으시오!"

봄 보리밭

겨우내 땅 밑에서
입을 다문 씨앗들
무슨 말을 삼켰기에
이른 봄 보리밭은
온통 초록 느낌표인가

아직 차가운 바람의 뺨을
어린잎이 스치면
심술궂던 계절도
연둣빛 웃음 하나 흘리며 물러난다

흙 속에 묻힌 빛이
뾰족하게 돋아나는 시간
보리들은 어깨를 걸고
하늘을 재려
가만히 까치발을 든다

발등을 스치는 저 여림

대지를 뚫고 나온

가장 부드러운 승전보

겨울을 통과한 힘이

저렇게 조용히 자란다

바닥 짐

화려한 돛은 바람을 탐내지만

배를 살리는 건 수면 아래 잠긴

말 없는 돌덩이들의 무게입니다

삶의 파도가 유독 높았던 날

당신을 무너뜨리려던 그 짐들이

사실은 당신을 꼿꼿이 세워 두었습니다

기어이 견뎌낸 눈물의 무게만큼

우리의 인생은 전복되지 않고

깊은 바다를 향해 나아갈 수 있습니다

그러니 버거운 오늘을 원망 말아요

당신을 누르는 그 묵직한 고독이

지금

당신을 가장 안전하게 지키고 있으니

초판 1쇄 발행 2026년 4월 20일

지은이　　안종산
펴낸이　　이기봉
편집　　　좋은땅 편집팀
펴낸곳　　도서출판 좋은땅
주소　　　서울특별시 마포구 양화로12길 26 지월드빌딩 (서교동 395-7)
전화　　　02)374-8616~7
팩스　　　02)374-8614
이메일　　gworldbook@naver.com
홈페이지　www.g-world.co.kr

ISBN　979-11-388-5883-0 (03810)